高田由紀子　おとないちあき・絵

ビター・ステップ

Bitter Step

ビター・ステップ

小さいころ、夏休みになると新幹線《しんかんせん》に乗って大阪《おおさか》のおばあちゃんの家へ遊びにいっていた。

わたしが何より楽しみにしていたのは、オシャレしたおばあちゃんと二人きりで出かけること。

大きな白い花柄《はながら》の入った黒いワンピースや、赤いシースルーのカーディガン。

首元には透明《とうめい》に光るビーズのネックレス。

ヒールのある黒いサンダルでさっそうと歩くおばあちゃんといっしょにいると、わたしの背《せ》すじもピッとのびた。

おばあちゃんは、いつもおもちゃを買ってくれた。

おばあちゃんは、おいしいハンバーグのお店に連れていってくれた。

そして、商店街の八百屋《やおや》さんとお肉屋さんでは、値切《ねぎ》りまくった。

「つかれたら、家に帰ってかき氷を作ったるよ」

おばあちゃんはよくそういってくれたけど、わたしはつかれたことなんかなかった。

ひらひらとゆれるおばあちゃんのスカートをさわったり、パーマのかかった栗色《くりいろ》の髪《かみ》の毛《け》をくるくると指でまいたりしながら、たくさん歩いた。

ネイルをきれいにぬったおばあちゃんと手をつないで、たくさんたくさん歩いた。

おばあちゃんからは、いつもスパイシーであまい香水《こうすい》の香《かお》りがした。

わたしは、おばあちゃんが大好きだった。

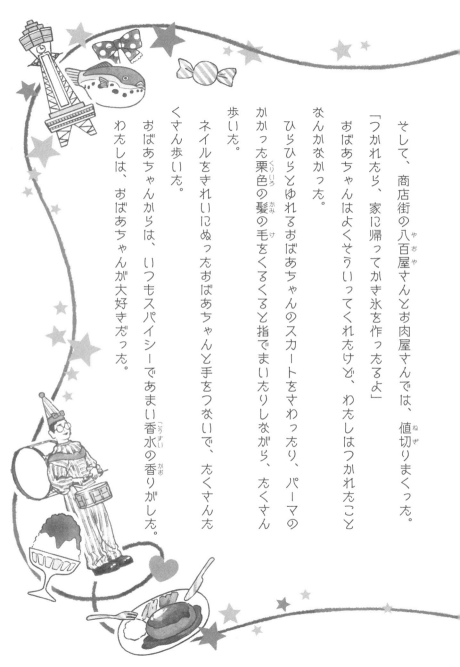

ビター・ステップ

もくじ

1　鬼《おに》ババがきた

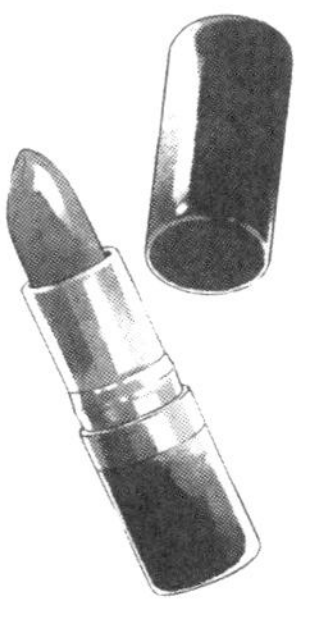

「テレビもテーブルも安《やす》モンやね」

おばあちゃんはリビングに入るなり、部屋中を見渡《みわた》してフン、と鼻《はな》を鳴らした。

エアコンでほどよく涼《すず》しくなったリビングの空気がさっと凍《こお》りつく。

（えっ、おばあちゃん、今なんていった……）

思わずパパとママを見る。

パパは何も聞こえなかったふりをしている。

ママはいっしゅん顔をこわばらせたけど、すぐに笑顔《えがお》を作った。

「お母さん、つかれたでしょう。ソファに座《すわ》ってお茶でも飲みませんか？」

すぐ近くでママが声をかけたのに、おばあちゃんはピクリとも動かない。

「ほ、ほら母さん」

パパがあせったようにいいながら、おばあちゃんの左手と腰《こし》を支《ささ》えてソファに座《すわ》らせようとした。

おばあちゃんは四点杖《づえ》をソファの脇《わき》におくと、パパにすがるようにしてゆっくり腰をおろした。左手が少しふるえている。

「おばあちゃん……ひざかけ、いる?」

ソファにかけてあったひざかけを差しだすと、おばあちゃんは床《ゆか》の一点をにらむように見つめながら、小さくうなずいた。

そして右手を湯飲みにのばすと、「あつい!」と大げさにひっこめて顔をしかめた。

家にくるまでゴキゲンだったのに、まるで別人のようだ。

「ご、ごめんなさい。だいじょうぶですか」

おばあちゃんは、ママの声にかぶせるようにため息をついた。

「はぁ、つかれた。ちょっと、横に、なりたいんやけど」

「ああ、そうだよな。つかれたよな。じゃあ、母さんの部屋、ろうかの向こう側に用意してあるから、いこうか」

パパが立ちあがり、おばあちゃんは四点杖に手をそろそろとのばした。

「はぁ……」

おばあちゃんはまた大きなため息をつくと、眉間《みけん》にしわを寄《よ》せた。

リビングの空気がどんよりとして、わたしまで息苦しくなってくる。

「やっぱり、家の中でも車いすに乗ったほうが楽なんやけど」

「母さん、また自分で歩けるようになりたいんだろ。がんばろうよ」

パパが優《やさ》しい声でなだめた。

「こわいんよ。骨折《こっせつ》したら、みんなに迷惑《めいわく》かけるし」

「だいじょうぶ。今日はおれがずっと横で支《ささ》えるから」

「ありがと。慎一郎《しんいちろう》は優しいなあ」

おばあちゃんは小さな子どもみたいにあまえた声を出すと、ようやくリビングのドアに足を向けた。

パパがおばあちゃんの左側の手を支え、ママがリビングのドアを開ける。

わたしも立ちあがったものの、見つめることしかできない。

おばあちゃんは、ぎゅっと口を結び四点杖《づえ》を右手に持つと、ズズ、と前に出した。麻痺《まひ》しているほうの左足も、パパに寄りかかるようにしながら、そっと前に出す。

それからゆっくりと右足を出した。

ふるえるおばあちゃんの足元を見ていると、手に汗《あせ》がにじんでくる。

一歩……二歩……、
三歩……四歩……。

おばあちゃんは、重い体をひきずるようにリビングのドアをくぐった。ママとわたしもうしろからついていく。

「こなくてええ！」

ピシャリといわれて、体が固まった。

おばあちゃんとパパがろうかに出ると、ママはふーっと大きく息をついて湯飲みをおぼんにのせはじめた。

わたしは湯飲みに残っていたお茶をごくっと飲んだ。

「ママ、全然、熱くないよ」

「そうだよね？　ママもぬるめにしたつもりだったんだけど」

ママはろうかにチラッと目を向けた。

「この部屋、西日がキツそうやねえ〜！」

おばあちゃんが大声でパパにいっているのが聞こえてくる。

わたしは湯飲みをシンクにおくと、二階の自分の部屋にかけあがった。


ドアをバタンと閉《し》めたとたん、大きく息をはきだした。

「もう！　おばあちゃん、なんなのあれ？」

わたしはコロンをぎゅっと抱《だ》きしめた。

コロンはベッドにおいてある大きいハムスターのぬいぐるみだ。ふわふわした茶色の頭に、わたしの髪《かみ》がかかる。

幼稚園《ようちえん》のころ、裁縫《さいほう》の得意なおばあちゃんが誕生日《たんじょうび》プレゼントに手作りして贈《おく》ってくれたコロン。水色のチェックのベストを着ているふんわりした体に、もやもやが吸《す》いとられていく。

小五なのにはずかしい気がするけど、一人っ子のわたしはいまだにコロンに話しかけたり、いっしょに寝《ね》たりしている。

「コロン、これからだいじょうぶなのかな……？」

（だいじょうぶ、だいじょうぶ）

コロンのクリッとした目がそういっている気がする。

「おばあちゃん、あれじゃ別人だよ！　あんな感じじゃなかったのに……」

（おばあちゃんは病気になったんだから、しかたないよ）

わたしは、「うーっ」とうなると、コロンのまんまるのほっぺたに顔をうずめた。

§

おばあちゃんはもともと大阪《おおさか》で一人暮《ひとりぐ》らしをしていて、半年前に脳《のう》こうそくという病気でたおれた。

脳こうそくは、血管がつまることで脳へ酸素《さんそ》やエネルギーが十分にいかなくなり、脳の障《しょう》がいが起こる病気……ってママに聞いたときは、すごくこわくなった。

わたしの頭もしめつけられて、破裂《はれつ》しそうな気がした。

おばあちゃんの命は助かったけれど、体の左側すべてが動かしにくかったり、動かそうとするとふるえる麻痺《まひ》が残ったりして、歩くのも難《むずか》しくなった。

この半年間は、京都《きょうと》に住んでいるシンジおじちゃん――パパの弟と、パパやママが交替《こうたい》で大阪《おおさか》までいって看病《かんびょう》をしながら、うちでいっしょに住む準備《じゅんび》をすすめた。

そして、この夏休みの終わりに、おばあちゃんが引《ひ》っ越《こ》してくることが決まったのだ。

まず一階のパパの仕事部屋だった和室が、おばあちゃんの部屋になった。玄関《げんかん》の外には階段《かいだん》があり、おばあちゃんが出入りしづらいから、和室のはきだし窓《まど》に、直接《ちょくせつ》出入りできるスロープをつけることになった。そしてろうかやトイレやお風呂《ふろ》には手すりがついた。

レンタルの介護《かいご》用ベッドがやってきて、おばあちゃんの部屋におかれた。

「すごーい。これ、リモコンで動くんだ～！」

ボタンを押《お》すとベッドの背《せ》の部分が上がるのを見て、わたしははしゃいだ。

「あかり、遊びに使うんじゃないのよ」

ママはわたしからリモコンを取ると、真剣《しんけん》な顔でボタンを押した。

「えーっと、これで高さが調節できるのね。こっちは……あら、ひざの部分も曲がるようになってるんだわ」

ママはまるで自分がベッドを持ちあげているみたいに、力を入れてボタンを押しつづけていた。

おととい届《とど》いたおばあちゃんの荷物は、ダンボールに五つだけ。

「大きい家具はいらないし、必要なものがあればこっちで買えばいいからな」

パパの説明に、わたしは首をかしげた。

「大阪《おおさか》のおばあちゃんちはどうするの?」

「だれかに貸《か》すか……売るかもしれないけど、まだきちんと片《かた》づけてないから、おばあちゃんやシンジおじちゃんと相談してゆっくり決めるよ。パパたちがずっと暮《く》らしていた家だからな……」

遠くを見るような目をしてパパはいった。

そしてきのう、パパが大阪の病院まで迎《むか》えにいき、ママとわたしは今日、近くの駅に車でお迎えにいったのだ。

駅のエレベーターから、車いすに乗ったおばあちゃんが降《お》りてくる。

「おばあ……ちゃん……?」

病院でのおばあちゃんの写真は見せてもらっていたけれど、初めて車いすに乗っている姿《すがた》を見ると、胸《むね》がしめつけられた。

お見舞《みま》いにいきたいっていっていたのに、パパが「もうちょっとおばあちゃんが元気になったらな」とOK《オーケー》を出してくれなかった理由が、なんとなくわかった。

いつも色白のふっくらした顔に赤い口紅《くちべに》をぬってキリッとしていたのに、目の前のおばあちゃんは顔色が悪くて、目の下のクマやシミがはっきりわかる。

自慢《じまん》の栗色《くりいろ》の髪《かみ》は短く切られ、白髪《しらが》でボサボサになっている。

ハデだけどおしゃれな服ばかり着ていたのに、グレーのカーディガンとベージュのズボンをはいたおばあちゃんは、すごく年をとったみたいに見えた。

「ママもあかりも、おばあちゃん、ために、あ、りがとねえ」

おばあちゃんが笑うと顔の右半分だけがひきつったように上がり、ちょっとよだれが出た。

うそ……。

とっさに目をそらしてしまった。

遊びにいったときや電話では、いつも早口の関西弁《かんさいべん》で元気にしゃべっていたのに。

おばあちゃん、こんなに変わってしまっていたんだ……。

ショックを受けたのが伝わらないように、とっさに笑顔を作る。

「バリアフリ、にしてくれたんやって？　楽しみやわあ」

おばあちゃんは車に乗ると、はしゃぐようにいった。

……良かった。明るい雰囲気《ふんいき》は変わってない。

ホッとしたのもつかの間、おばあちゃんは家の前に立ったとたん、体をふるわせて怒《ど》鳴《な》った。

「こんな階段《かいだん》、杖《つえ》で、歩くのは、無理やっ!!」

大きな声に体がビクッとして、心臓《しんぞう》がはねあがった。

な、なに……!?

どうして突然《とつぜん》……。

おそるおそるおばあちゃんを見ると、パパをにらむ目が完全にすわっている。

日差しが照りつけているのに、背《せ》すじがぞくっとした。

「わ、わかったわかった。おれが支《ささ》えるから。だいじょうぶだから」

パパがおばあちゃんの顔をのぞきこむと、左腕《ひだりうで》と腰《こし》に手を当てる。

「いややなあ……。コケたら、どうすんねん……」

おばあちゃんはネチネチといいながらパパにもたれかかって階段を上がると、ようやく玄関《げんかん》から家に入った。

§

そしてリビングに入ったとたん、あのイヤミだ。

「なんでわざわざ嫌《きら》われるようなことというわけ？　今日からいっしょに住むんだよ？」

（きっと、おばあちゃんも緊張《きんちょう》しているんだよ）

コロンはまるでそういっているみたいに、まんまるの黒い目でわたしを見つめた。

「病気で性格《せいかく》まで変わっちゃった……なんてことは、ないよね？」

（……）

コロンからは何も返事がない。

ふーっとため息をついて、コロンのベストのボタンをはずしてめくる。表側についているポケットの裏《うら》に、おばあちゃんが赤い糸で縫《ぬ》ってくれた名前が見えた。

「みやの　あかり」

コロンをもらったときのことを思いだす。

「このハムちゃんにはひみつがあるねんで」とおばあちゃんがひそひそ声でいって、見せてくれたっけ。

「わあ、あかりのお名前がぬってある！」

わたしは刺《し》しゅうされた名前を指でなぞると、「みーやーの、あかり」と得意になって読みあげた。

「あかりちゃん、これからヨロシクネ」

おばあちゃんはまるでコロンがしゃべっているかのようにかわいい声色でいうと、わたしに手渡《てわた》した。

「うわあー」

水色のベストを着たコロンのクリッとした目をのぞきこむと、わたしが映《うつ》った。

「おばあちゃん、この子の名前、コロンにしたい！」

「コ、コロン？」

おばあちゃんがおかしそうにほほえんだ。

「うん。コロコロしてかわいいから、コロン！」

わたしはコロンを抱《だ》っこして、その場でくるくると回った。

……おばあちゃんは、優《やさ》しかった。

今日は、きっと、いろんなことがあってつかれてるだけなんだ。

——そうだ、コロンを見せにいこう。

コロンを抱《かか》えて階段《かいだん》を下り、おばあちゃんの部屋の前にいくと立ち止まった。

少し、ドキドキする。

だいじょうぶ。だいじょうぶ。

コロンを見せたら、きっと前みたいに楽しく話せる。

わたしはすーっと息を吸《す》いこむと、ふすまをたたいた。

「……はい」

小さく返事があった。

ふすまを少し開けると、コロンの顔だけをのぞかせた。

「おばあちゃん、わたしはだれでしょう?」

ふすまのうしろに隠《かく》れたまま、コロンになったつもりで話しかける。

「……わあ、なつかしいなあ!」

うれしそうな声が返ってきた。

ホッとしておばあちゃんの部屋に入ったとたん、もわっとした空気に包まれた。

おばあちゃんは介護《かいご》用ベッドをななめに起こして、ぼんやりとわたしを見ている。

「ごめん。寝《ね》てた？」

「いや、いや。ベッド、使いこなしとったんや」

「ばっちり？」

「ばっちりや」

ふふっ、と笑うと、おばあちゃんはコロンを見た。

「その、ハムちゃん、あかりの、誕生日《たんじょうび》の……何歳《さい》、やったっけ」

「五歳。五歳の誕生日だよ」

「まだ、大事に、してくれてたん？」

おばあちゃんは目を細めながらコロンをなでた。

「うん。ずっとわたしの部屋にかざっているよ」

本当はまだ話しかけたり、いっしょに寝たりしていることはナイショだ。

ママが窓辺《まどべ》につけておいた風鈴《ふうりん》がチリン、と鳴った。

「おばあちゃん、暑くない？　クーラーか扇風機《せんぷうき》つけたら？」

「ええねん。体、冷やした、ないねん」

「熱中症《ねっちゅうしょう》になるよ」

「だいじょうぶや。動かんと、そんなに、暑くないねん」

おばあちゃんは、うちわでわたしをあおいだ。

わたしがクーラーに目を向けると、おばあちゃんは鼻で笑った。

「この部屋のクーラーも、高くはないねえ」

もう！　なんでさっきからそんなことばっかりいうわけ？

せっかく前みたいに話せる気がしたのに……！

「あかりの、おじいちゃんは、家電品が好きやったから、昔はよう、いっしょに、見にいったんや」

わたしの気もちなんておかまいなく、おばあちゃんはしゃべりつづける。

おじいちゃんといっても、パパが高学年のときに交通事故《じこ》で亡《な》くなったから、わたしは写真で見たことがあるだけだった。

「チ、チラシ見てな、掘《ほ》りだしモンがあったら、お店開く前から、おじいちゃんといっしょに、ならんだりな、ビデオカメラも、慎一郎《しんいちろう》の、同級生の中で、一番早く買《こ》うたんやで。すごいやろお‼」

舌《した》をもつれさせつつ、小さい子が自慢《じまん》するみたいにいうと、おばあちゃんは誇《ほこ》らしそうに笑った。

何がおかしいんだろ。

おじいちゃんと買ったもののほうがすごいっていいたいわけ？

おばあちゃんはふふっ、ふふっ、と体をふるわせるようにまだ笑いつづけている。

はあ、いい加減《かげん》にしてよ。

おばあちゃんから目をそらすと、ベッドの横に車いすがおいてあるのが見えた。

「あれっ、おばあちゃん、家では車いすなしで歩く練習するんじゃなかったの？」

家にあるとつい頼《たよ》りたくなってリハビリにならないから、車いすは外の物置に入れておくって、パパと約束していたんじゃ……？

「今日は、もう、つかれたから、特別に使わせてほしいって、パパにお願いしたんや」

えーっ、絶対《ぜったい》、うそ！　明日からもさぼろうと思ってるに決まってる。

……っていってやりたいけど、ぐっとこらえて笑顔を作った。

「じゃあ……明日からがんばろうね」

「あかりは、きびしぃなあ。慣《な》れるまでは、かんにんしてや」

おばあちゃんはあまえたようにいうと、急にタオルケットをかぶって背中《せなか》を向けた。

「もう、つかれたし、寝《ね》るわ！」


なにあれっ？

せっかく優《やさ》しくいったのに、感じわるっ‼

リビングにもどると思わず、バタン！　とドアを強く閉《し》めた。

何もついていないテレビを見つめながらお茶を飲んでいたパパは、音に驚《おどろ》いたような顔をしてわたしを見た。

「ああ、あかり。おばあちゃんの部屋にいってたのか？」

うなずくと、パパは両手をこすり合わせた。

「おばあちゃん、もともと口が悪いというか……なんでも正直にいってしまうところがあるけど、まあ、悪気はないんだ。裏表《うらおもて》がないっていうか。うん」

ムカついてるの、気づかれたかも。

「おばあちゃんって、口、悪かったっけ……？」

たしかになんでもポンポンいうところはあったけど、わたしには優しかった。

大阪《おおさか》へ遊びにいったときは、いつもたくさんおこづかいをくれたり、オシャレをしておいしいものを食べに連れていってくれたりした。

いつも「むだづかいをしない」がモットーのママとは大違《おおちが》い。

びっくりしたけど、うれしかった。

関西弁《かんさいべん》で冗談《じょうだん》ばっかりいうおばあちゃんは、まじめなパパのお母さんとは思えないくらいおもしろくて……おばあちゃんっていうより、かっこよくて楽しい親戚《しんせき》のおばちゃん、って感じだったのに。

キッチンから、ママが湯飲みを洗《あら》う音がシャーッと聞こえる。

「クーラーやテレビは、おやじ……あかりのおじいちゃんとの思い出があったから、おばあちゃんも自慢《じまん》したくなったのかもしれない」

「うん……さっき、聞いた」

パパがわたしの顔色を気にするように、チラチラと見てくる。

「おばあちゃん、負けず嫌《ぎら》いなところもあるから、勝手にいばるかもしれないけど、気にしなくていいからな」

負けず嫌いって……わたしたちに勝ってどうするんだろ？

わけわかんない。

「おばあちゃん、がんばってリハビリすれば、また歩けるようになるんだよね？　手も、スムーズに動かせるようになるんだよね？」

「ああ。お医者さんも施設《しせつ》の人もそういってたよ。本当は半年以内だと一番効果《こうか》があるそうだけど、まだまだ良くなる可能性《かのうせい》はある」

だったら、うちでがんばらなきゃいけないのに、あまい顔しちゃって……。

「車いす、外の物置においとくんじゃなかったの？」

つい、パパをとがめるような口調になる。

「ああ。今日はおばあちゃんも初めてうちにきたし、無理しないほうがいいと思ったんだ。慣《な》れれば、またがんばろうって思うだろう。明日はあかりもおばあちゃんをはげましたり、手伝ったりしてやってくれよ」

「ふーん……」

声が小さくなってしまう。

「なんたって、おばあちゃんの孫は、あかりだけなんだからな」

今度は声を出さずにしぶしぶうなずいた。

そう。シンジおじちゃんはまだ結婚《けっこん》してないから、おばあちゃんにとってわたしはたった一人の孫なのだ。

だから、おばあちゃんと住むのは大変だって聞いていたけれど、ひそかに楽しみにしていたのに……。

自分の部屋へもどると、またコロンを抱《だ》きしめた。

（きっと、今日はみんなつかれているだけ。だいじょうぶ。これから楽しくなるよ）

コロンがそういってくれている気がしたけど、胸《むね》の中の不安はどんどん広がっていった。

翌日《よくじつ》の日曜日。

リビングにいくと、パパが新聞を読んでいた。

「あれっ、わたしより早起きなんてめずらしいね」

「ハハッ。今日はさ、おばあちゃんのリハビリを手伝おうと思ってな。パパは土日くらいしかできないから」

「そう……」

「うちには手すりもつけたし、がんばって歩くリハビリして、車いすなしで生活できるようにならないとな。なーに、おばあちゃんは昔からがんばり屋だからすぐに良くなる。そうすればママにも迷惑《めいわく》かけないですむし。ね、ママ」

パパはへんに明るい声でいうと、キッチンにいるママに声をかけた。

「……そうね」

いつもより少し低いママの声がキッチンから返ってきた。

朝ごはんの時間になると、パパがおばあちゃんを呼《よ》びにいった。しばらくすると、おばあちゃんは車いすでリビングにきた。まだ眠《ねむ》そうにボーッとしている。

パパがわたしの目をチラッと見た。

「あかり、おばあちゃん、朝ごはんが終わったら歩く練習するってさ」

おばあちゃんは何も聞こえなかったみたいに、「卵焼《たまごや》き、おいしそうやな」とママに話しかけた。

「母さん、さっき部屋で約束したよね、いいね」

めずらしくパパがイライラした声を出した。

「あんたが、うるさいから。じゃ、いただきまあす」

パパはいきなり朝食を食べだしたおばあちゃんにムッとした顔をしたけど、一呼吸《こきゅう》おいておだてるようにつぶやいた。

「たおれてすぐのころは、食事も一人でできなかったのに、今はこうやって自分で食べられるようになって……母さんすごいなあ」

「ああ、まあ、これくらいは、すぐできるように、なったけどね」

おばあちゃんは自慢《じまん》げに背《せ》すじをのばした。

「それも、病院でリハビリをがんばったからだろ。歩くのだって、母さんならまたできるようになるよ、なあ、あかり？」

パパの助けを求める視線《しせん》がとんでくる。

……もう、しょうがないな。

「おばあちゃん、がんばろうよ。わたしも手伝うから」

「ああ、ハイハイ。わかりました」

おばあちゃんは目を閉《と》じて首をふると、

「……こんなんじゃ、ごはんもゆっくり食べられへんわ」

と、ブツブツいった。

カッチーン！

おばあちゃんのためにいってるんですけど⁉

わたしはキッチンへ向かうと、おばあちゃんに見えないようにママに向かって口をとがらせた。

『む、か、つ、く！』

口には出せないから、思いっきりまゆにシワを寄《よ》せた。

ママは『わかるわかる』というふうに細かくうなずいた。

朝食のあと、おばあちゃんはすぐに「つかれた」といってまた寝《ね》てしまい、ようやく起きたときには十一時になっていた。

おばあちゃんの部屋にいくと、パパは車いすに手をかけた。

「じゃ、母さん、これは物置にしまっておくからな」

「そこの、押入《おしい》れでいいやん」

「いや、そばにあるとつい頼《たよ》ろうとしてしまうからな。片《かた》づけるよ」

パパはきっぱりいうと、車いすを外の物置に持っていった。

「はあ……。自信ないわあ……」

おばあちゃんは、しぶしぶ歩く練習をはじめることになった。

「左側の感覚がなくてこわいんよ」

イヤミをいっているときは威勢《いせい》がいいのに、今は声が弱々《よわよわ》しい。

「左側はおれがついているから、右手で手すりを持って、まずはリビングまで歩いてみよう」

「わたしはうしろにいるから」

「……わかった」

パパがおばあちゃんの左半身を押《お》さえながら、ゆっくり部屋の出口まで進む。

「こわいわあ。立ちあがるときに、支《ささ》えになる柱が、あったらええのに」

「母さん、今から柱は作れないよ」

パパは苦笑しながらろうかに出ると、おばあちゃんの右手を手すりにつかまらせた。

「じゃあ、ここからは一人で歩いてみて」

「こわい。無理や！」

左足を前に出そうとしているけれど、体全体がふるえるだけでなかなか動かない。

「おばあちゃん、がんばって」

小さい声でいうと、「がんばってる」と感情《かんじょう》の入っていない声でおばあちゃんが返してきた。

おばあちゃんの鼻息が荒《あら》くなる。でも、左足は動かない。見かねたパパが、そっとおばあちゃんの左足のひざ下を両手で包むようにして、前に出した。

「やめて。感覚がないねん！」

おばあちゃんが大きな声を出したとたん、ひざがカクッと折れそうになった。

「あっ！」

パパがとっさにおばあちゃんの脇《わき》の下を支《ささ》えた。

「ああ、あぶない」

おばあちゃんはそういいながらも、また前を見た。

わたしの手に汗《あせ》がにじんでくる。

おばあちゃんの右足がスッと前に出て、両足がそろった。手すりの上の右手を、前にすべらせる。次は、麻痺《まひ》している左足だ。

パパは口を一文字に結んでおばあちゃんの左隣《ひだりどなり》に寄《よ》りそう。わたしも何か手伝いたいけど、どうしていいかわからない。

ズ……ズズ……。

おばあちゃんの左足がひきずられるように動いた。

――やった！

「う、動いたで」

おばあちゃんのこめかみに、汗《あせ》がうかんだ。

「よしっ、もう一歩がんばってみよう」

パパのはげましにうなずくと、おばあちゃんはフーッと深呼吸《しんこきゅう》して、手すりをつかんでいた右手を前に出した。

そして、ゆっくりだったけど、リビングの入り口まで歩くことができた。

「すごい！」

わたしの声におばあちゃんは「ははっ」と力なく笑った。

おばあちゃんの部屋からリビングへのろうかは、わたしだったら大また五歩くらいで歩ける。でも、肩《かた》で大きく息をしているのを見ると、おばあちゃんにとっては百メートルくらいに感じるのかもしれない。

パパに支《ささ》えられてリビングのソファに座《すわ》ると、「はあ、あーあ、つかれた」と、おばあちゃんは息をはきだした。

「おつかれ様でした。お昼にしましょうか？」

ママが話しかけると、おばあちゃんはきっぱり首をふった。

「……いや、クリームパンでええ」

「えっ？　クリーム……パン？」

ママが戸惑《とまど》った表情《ひょうじょう》で聞きかえす。

「大阪《おおさか》の、施設《しせつ》、おったとき、ねえさんが、よう買《こ》うてきてくれたんよ。ほら、ヤマキの。一〇八円で四つ入ってる、クリームパン」

「ねえさん」って、大阪にいるおばあちゃんのお姉さんのことかな。

「それだけじゃ体に悪いですから、うどんを用意しますよ」

「午前中なんて、今、歩いただけ！　なんも動いとらん！　おなかすいてないんよ。クリームパンでええ！」

おばあちゃんはプイッと顔をそむけた。

うわあ、小さい子みたいにわがままいってる。

「母さん、ママがうどんを用意するっていってるだろ」

パパが注意しても、おばあちゃんは聞こえないふりだ。

キッチンからは、お湯が沸《わ》く音がした。

ママが困《こま》る顔、見たくない。もう……しかたないな。

「ママ、わたしが買ってくるよ。近くのコンビニに売ってたと思うし」

「えっ、そ、そう？　じゃあ……お願いね」

「帽子《ぼうし》、かぶっていくんだぞ」

パパも（あかり、悪いな）って顔していった。

外に出ると日差しが照りつけた。それでも体全体がふっとゆるまった気がした。

――なんで自分の家なのに、外に出てホッとしないといけないの？

小石を思いきりけると、コンビニへ向かった。


夜、壁《かべ》をたたくような音で目がさめた。

ドンドンドンドンッ。ドンドンドンドンッ。

なに、今の？　一階から……？

心臓《しんぞう》がドキンドキンと鳴る。

「……ちろーっ、いちろーっ」というかすれ声がする。

耳をすますと、さっきよりも大きな、ドンドンドンドンッ！　という音が響《ひび》き、今度は
はっきりと「しんいちろーっ」と、パパの名前をさけぶ声が聞こえた。

おばあちゃんの声⁉

あわてて部屋の電気をつける。目をこすって時計を見ると、三時半だった。

なんでこんな時間に⁉

パパとママの寝室《しんしつ》のドアが開く音がした。わたしもあわててろうかに出る。パジャマ姿《すがた》
のママが、急ぎ足で階段《かいだん》を下りていくのが見えた。

「お母さん、どうしたんですか？」

階段の下からママが声をひそめていうのが聞こえた。

「慎一郎《しんいちろう》はっ！」

おばあちゃんが怒鳴《どな》る。

「寝《ね》ているから、起こすのも悪いかと思って……」

「わたしはママじゃなくて、慎一郎を呼《よ》んだんやけどっ？」

「……あっ！」

ママが小さくさけんだので、わたしもあわてて階段《かいだん》を下りた。

「ママ、どうしたの？」

「えっ、あ、あかり？　起きちゃったの？」

階段の下におばあちゃんがうずくまっているのが見える。

「おばあちゃん、だいじょうぶ？」

声をかけると、おばあちゃんがわたしを見上げてにらんだ。

「だいじょうぶや！　あかりは寝《ね》ときぃ‼」

体がビクッとなった。

なんで心配して起きてきたのに、そんないい方するの？

「だいじょうぶだから。あかりは寝てなさい！」

今までに見たこともないような強い目でママがいう。

な、なに？　二人ともなんなの？　寝られるわけがない。

そのとき、プン、とすっぱいにおいが鼻をかすめた。

えっ、このにおい……。

わたしの心臓《しんぞう》は、ますます速く鳴った。

まさか……おしっこ？

おばあちゃんが……？

ドキドキしながらいわれるがままに階段《かいだん》を逆《ぎゃく》もどりした。胸《むね》を手で押《お》さえて自分の部屋のドアの前までくると、おばあちゃんの泣くような声が下から聞こえてきた。

「トイレに、手すりで、いってみよう、思ったけど、間に合わんかったんやぁ」

「そうだったんですか……」

ママが静かに返事をする。

「間に合う、はずだったんや。だけど、コケてしもて」

「えっ、転んでしまったんですか？　だいじょうぶ？　痛《いた》くないですか」

「痛いのは、ええけど、おしりが気もち悪い」

「あっ、すぐ、ふきますからね」

ママがリビングのドアを開けて、洗面所《せんめんじょ》にいく音がする。

つづけて聞こえてきたおばあちゃんの声に、胸がさっと冷たくなった。

「あんたらのせいやろ……だから車いすじゃなきゃイヤやっていったんや！」

まるで呪《のろ》いをかけるような低い声。

――あんたらのせいやろ……。

わたしの心臓《しんぞう》が大きく脈打つ。

ママがパタパタとおばあちゃんにかけよって、床《ゆか》をふく音がかすかに聞こえた。

「もういやや。情《なさ》けないわあ……」

「まだ今日は慣《な》れてないから。だいじょうぶですよ」

「あんたに、わたしの気もちなんてわかるか！」

おばあちゃんが怒鳴《どな》った。

――おばあちゃん、やめて！

わたしは思わず階段《かいだん》をかけおりた。おしっこのにおいがする。

「あかり、寝《ね》てなさい！」

ママが強い声でいった。

――おばあちゃん……なんでそんなひどいいい方ばかりするの？

いったいどうしちゃったの!?

わたしも大声でいいたかった。

でも、ぬれた床の上で青白い顔をしてへたりこんでいるおばあちゃんを見ると、言葉が出ない。

おばあちゃんは壁《かべ》をにらむと、低い声でいった。

「大阪《おおさか》に、帰らせてくれ！　これなら、一人で暮《く》らすか、施設《しせつ》に入ったほうがずっとええ。

慎一郎《しんいちろう》にはそういうてたのに……地獄《じごく》や地獄……」

地獄……？

うす暗いろうかでまばたきもせず、無表情《むひょうじょう》で壁にブツブツつぶやきつづけるおばあちゃんは、まるで何かにとりつかれているように見えた。こわいのに、おばあちゃんから目をそらせない。

わたしの視線《しせん》に気づくと、おばあちゃんは青白い顔をゆがませ、目をつりあげてさけんだ。

「あかり、なにしてんねん！　部屋に、もどれっていったやろ‼」

眉間《みけん》のしわに深くて暗い影《かげ》ができ、目が血走っている。

思わず息をのんだ。

こんなの……おばあちゃんじゃ、ない。

……鬼《おに》ババだ。

わたしはくちびるを強くかんで部屋にもどった。
でも、けっきょく明け方まで眠《ねむ》れなかった。

2　クリームパン

ジリリリリ……。

ジリリリリ……。

目覚ましの音で、重いまぶたをうっすら開けた。

一階から、いい争う声が聞こえてくる。

「……車いす、返して！」

うわっ、キツイいい方。

……おばあちゃんだ！

タオルケットをかぶってもう一度目をつぶったけど、パパが車いすを家に運び入れたのがわかった。

朝食のあと、夏休みの宿題をバッグにつめこんでリビングへいくと、ママが声をかけてきた。

「今日は美奈《みな》ちゃんたちと、児童館にいくんだっけ？」

「うん。宿題のプリント全然やってないから教えてっていわれてて」

「えっ、もう夏休み終わるじゃない。……そういえば、去年もそんなことといってなかった？」

「……そうだっけ？　あ、もう時間ないからいくね」

まだ本当は余裕《よゆう》があったけど、わざとバタバタと靴《くつ》をはいた。

玄関《げんかん》のドアを閉《し》めると、フゥ、と息をはく。

去年も宿題を見せたことくらい、わたしだってちゃんと覚えてる。

美奈が本当に何もやってなくてびっくりしたことも。

でも……ことわるなんてできないし。

住宅街《じゅうたくがい》の、なるべく陰《かげ》になっているところを選んでゆっくり歩く。

お庭のある古い家のおじいちゃんが、盆栽《ぼんさい》コレクションに水をまいている。

隣《となり》のわりと新しい家の玄関先には、子どもが学校から持ち帰ったミニトマトやオクラがひからびそうになりながらがんばっている。

コンビニの角を曲がって大きい道路に出ると、街路樹《がいろじゅ》に止まったセミが車の音に負けないくらい元気に鳴いていた。

いつも通る道を歩いているだけなのに、変わらない風景にホッとする。


待ち合わせの十分前に児童館に着き、大きいテーブルがいくつかある部屋に入った。

やっぱりまだみんなきていない。

窓際《まどぎわ》と反対方向で、扇風機《せんぷうき》がよく当たる場所を確保《かくほ》する。

いすに座《すわ》って涼《すず》んでいると、わーっと下の学年の男の子たちが一斉《いっせい》に入ってきた後に、いっしょのグループのりぃちゃん、まっきーがきた。

「あかり、おはよー!」

「りぃちゃん、まっきー、久《ひさ》しぶりー」

「早いねーあかり。席、とっといてくれたの?　いつもありがとう」

りぃちゃんがかわいくまとめた髪《かみ》の先をゆらす。

「さすが~」

まっきーが大きな目で笑いかけてくる。

わたしはううん、というように首をふった。

みんなバッグから宿題を出したけど、三人ともほとんどやってあった。

「美奈《みな》、遅《おそ》いねー」

まっきーが時計を見る。

「あ、きた！　美奈、おはよー」

りぃちゃんが手をふると、入り口から美奈も手をふって入ってきた。

「久《ひさ》しぶりー！」

テンション高めな美奈が手を上げると、みんな一斉《いっせい》にハイタッチだ。自分が集合かけておいて十五分も遅刻《ちこく》してるのに、なーんにも気にしてない。でも、美奈がいないとなんとなく盛《も》りあがらないのはわかっている。

最後にハイタッチすると、美奈からふんわりあまい香《かお》りがした。

「あっ、美奈、髪《かみ》切った？」

「どう？　似合《にあ》ってるでしょ」

美奈の肩《かた》の上でカールした髪がゆれる。

「あれ？　茶色くなってない？」

「パーマもかかってない？」

りぃちゃんとまっきーがつっこむと、美奈《みな》はちょっと舌《した》を出してピースした。

「この紫色《むらさきいろ》のT《ティー》シャツもオシャレじゃん」

まっきーがいうと、「ラベンダーっていってよ」と、美奈が小さい口をとがらせた。

さりげなく入った英語のロゴは、美奈のお気に入りのブランド名。

わたしたちにもすすめてくれるけど、だれもまねをしたことはない。

おしゃれでかわいい美奈のグループにわたしが入っているのは、たまたま幼稚園《ようちえん》のときから美奈とずっと同じクラスだからだと思っている。

「ねえねえ、きのうミュージックアワーにジュピターが出てたの、見た？」

「あ、見た見た～！」

りぃちゃんが両手を口に当てて、はしゃいだ声を上げた。

「ルイくん、髪《かみ》切ってたよねー」

「めっちゃ似合《にあ》ってた！」

みんなが盛《も》りあがる。

ジュピターは、今、美奈《みな》が一番はまっているアイドルグループだ。楽器が弾《ひ》けて、ダンスもうまい。なかでもギター&《アンド》ボーカルのルイくんは、カリスマ的な人気がある。

わたしはわりといいな、くらいの感じだったのに、今ではテレビ出演《しゅつえん》をみんなで欠かさず見るのがルールみたいになってしまっている。

「あれっ、あかり、もしかして見てない？」

美奈がすかさず聞いてきた。こういうことには目ざといんだから。

「あっ……ごめん。夏休み前にいったけど、大阪《おおさか》からおばあちゃんが引《ひ》っ越《こ》してきてバタバタしてたから……」

「ああ、そういえばそんなことといってたね」

まっきーがうなずいた。

「おばあちゃん、半年前に病気でたおれてしまって……後遺症《こういしょう》もあるし、いっしょに暮《く》らしたほうが安心なんだけど、なんか別人みたいに変わっちゃって……。わがままをいったり、イヤミいってきたり……ほんと、大変で……」

家でがまんしていたせいか、不満が口からふきだしてくる。

急にみんなが静かになったので顔を上げると、美奈《みな》は口をとがらせ、りぃちゃんが目をそらし、まっきーは何かいいたそうな目でわたしを見ていた。

あ、あれ……?

今おばあちゃんの話、しちゃまずかった……?

口を閉《と》じると、美奈がわたしの頭をなでてあっけらかんといった。

「よしよし、あかりも大変だったんだね。でも次は絶対《ぜったい》ルイくん見てね！」

りぃちゃんが美奈に調子を合わせるように笑う。まっきーもわたしに視線《しせん》を送りながらもうなずいた。

わたしも笑って見えるように、何とか口の端《はし》をキュッと上げた。おなかの奥《おく》がズン、と重くなる感じがした。

——はい、もうおばあちゃんの話題は終わりです。

みんなの態度《たいど》がそういっている気がする。

そうだった。わたしたちはいつの間にか、家族のことを会話に出さなくなっていたんだった。

話すのは、芸能人《げいのうじん》とか、オシャレとか、クラスの子のうわさ話とか。家ではパパママって呼《よ》んでいても、みんなの前では「うちの親」っていう。

それも必要最小限《さいしょうげん》しか使わない。

ましてや、おばあちゃんのことなんて……。

窓《まど》のほうに目を向けると、クラスメイトの藤井奏太《ふじいそうた》と目が合った。

あれっ、藤井、いつの間にきてたんだ？

うるさかったのかな？

藤井はゆっくりとまばたきすると目をそらした。

……「お地蔵《じぞう》」は、ちょっとにぎやかなくらいで怒《おこ》ったりしないか。

藤井《ふじい》はクラスの男子から、「お地蔵《じぞう》」って呼《よ》ばれている。

今は髪《かみ》が伸《の》びたけど、四年生まで坊主《ぼうず》だったし、まんまるの顔で開いているのかつぶっているのかわからないくらい細い目をしているから、たしかに似《に》ている。

藤井は一人できているみたいで、何かの本に目を落としていた。メガネをチョン、と上げると、青い半そでシャツのきっちり留《と》めた一番上のボタンをいじりだす。

ひなたぼっこをしているおじいちゃんみたい。クラスの中心の男子とは全然違《ちが》う雰囲気《ふんいき》。

美奈《みな》たちは眼中《がんちゅう》になくて、こっそり「地味蔵《じみぞう》」って呼んでる。

目が合ったのはたまたまだったんだ、うん。

そのあと、美奈は猛《もう》スピードで宿題を写し、わたしたちは美奈の持ってきたアイドル雑《ざっ》誌《し》を回し読みした。

帰宅《きたく》すると、おばあちゃんは昼寝《ひるね》をしているらしく、ママが声をかけてきた。

「あかり、おばあちゃんが起きてからお昼にするから、それまでお茶でも飲もっか」

「うん!」

小さいころからおやつの時間になると、ママとよくいっしょにお茶を飲んだ。ママとゆっくりしゃべれるティータイムがわたしは大好きだったけど、最近はその時間が減《へ》っていた。

ママがコーヒーを入れ、わたしはアイスティーとシロップをグラスにそそいだ。

おばあちゃんがリビングにいないと、引《ひ》っ越《こ》してくる前にもどったみたい。

ひんやりあまいアイスティーがのどの奥《おく》をつたっていく。

「ママ……きのうの夜のこと、パパにいわなかったの？」

「うん。いびきかいて寝《ね》てたし、おばあちゃんもパパに知られるのはいやかなと思って」

ママはコーヒーをゆっくり飲んだ。

伏《ふ》せた目の下が少し黒くなっていて、わたしの心がざわっと音を立てた。

「……ママ、本当におばあちゃんといっしょに住む……んだよね？」

ママは、えっ？　という表情《ひょうじょう》をすると、少し間をおいていった。

「そうね。あんな状態《じょうたい》じゃ一人暮《ひとりぐ》らしは無理って、あかりもわかったでしょう？」

「でも、おばあちゃん、大阪《おおさか》にもどるか、施設《しせつ》に入りたいっていってたじゃん……」

きのうの夜のおばあちゃんを思いだすと、手に持ったグラスの温度が下がった気がした。

「ほんと、それができればこっちは苦労しないよ、っていいたくなったわ」

ママは苦笑した。

「でもさ、パパは大学で東京《とうきょう》に出てきてからずっとはなれて暮《く》らしていたから、恩返《おんがえ》ししたいっていうし、今、ママのほうのおばあちゃんは元気だけど……もし、同じような立場になったら、きっとパパはいっしょに住むっていってくれると思うし……」

ママは自分にいい聞かせるようにいうと、窓《まど》の外を見た。

「でも、おばあちゃん、わけわかんないよ。みんな優《やさ》しくしてるのに、イヤミいったり、急に怒鳴《どな》ったり。人が変わったみたい」

「おばあちゃん、自分で自分のこと『情《なさ》けない』っていってたでしょ。今まで元気に一人《ひとり》暮《ぐ》らしをしていたから、まだ受け入れられないのかもしれない。それから……」

ママが言葉につまった。

「それから？」

わたしがうながすと、ママはコーヒーを一口飲み、落ち着いた声でいった。

「病気のせいかもしれない。脳《のう》こうそくの後は感情《かんじょう》をコントロールするのが難《むずか》しくなったり、体の麻痺《まひ》だけじゃなくて、いろんな障《しょう》がいが出たりすることもあるんだって」

「えっ……？」

「大阪《おおさか》の病院で説明は受けていたんだけど、お見舞《みま》いにいっているときはママたちもよくわからなかったんだよね……。でも、やっぱりおばあちゃんのあの様子を見ると、あかりにもちゃんと話しておかなきゃ、って思った」

胸《むね》をつかまれて、大きく揺《ゆ》さぶられたような気がした。

「やっぱり、コントロールできてない……ってこと？」

「そうだね。例えばあかりだったら、友だちの家の家電が安っぽいなと思ったらどうする？」

「んー……思っても、口には出さない」

「そうだよね。心の中にしまっておけるよね。でも、おばあちゃんはそのブレーキをかけるのが難《むずか》しくなってるみたい。『クリームパン！』って思うと、それにばかりこだわってしまうのも、後遺症《こういしょう》の一つなのかもしれない」

「そう、なの？」

「手術《しゅじゅつ》とかの治療《ちりょう》が終わっても、後に残る症状《しょうじょう》とたたかわなくちゃいけない。だからおばあちゃんも、気もちが落ち着く薬を飲んだりしているの。それで治るわけじゃないんだけどね」

そんな……。

わがままいってるんじゃ、なかったんだ。

こっちの生活に慣《な》れていないから、感情《かんじょう》が不安定になっているだけじゃなかったの
……？

「なんか……こわいね」

思わず本音が出る。

「でも、病気のせいって思ったほうが、こっちは気がラクだよ」

ママは肩《かた》をすくめていった。

「それにね、リハビリすれば手足の動きが良くなるように、後遺症《こういしょう》も良くなってくるかもしれないいんだって」

「でも……ずっとあんな感じだったら？」

ママは目頭に手を当てた。

「それは勘弁《かんべん》してほしいよねぇ。でも、ママにだって、いつ、同じようなことが起こるかわからないし……やるだけやってみようかなって思ったんだ」

「えっ。ママはまだ若《わか》いじゃん。なるわけないじゃん」

「それがね、認知症《にんちしょう》とかとは違《ちが》って、例えば事故《じこ》にあったりして脳《のう》に何かあれば年齢《ねんれい》とは関係なく起こるかもしれないことなの。ママでも、パパでも。もっと若《わか》い人でも」

知らなかった……。

ママがもしおばあちゃんのような病気になったら？

想像《そうぞう》しにくいけど、もし、そうなって後遺症《こういしょう》が残ったら……？

顔をのぞきこむと、ママはわたしの目を見てうなずいた。

今、一つだけわかった。

ママはおばあちゃんと住みつづけるって、覚悟《かくご》をしている。

なんだかドラマの中のできごとみたいで、実感がわかない。

でも……現実《げんじつ》なんだ。

だったら早く良くなってほしい。あんな鬼《おに》ババみたいなおばあちゃんとずっといっしょに住みつづけるのは、いやだ。

前みたいに元気で優《やさ》しいおばあちゃんにもどってくれなきゃ、絶対《ぜったい》にいやだ！

翌日《よくじつ》、ママはおばあちゃんをデイサービスに送りだしたあと、図書館司書の仕事に出かけた。

ママの仕事がある火、水、金曜日の昼間、おばあちゃんはデイサービスといって、〈すみれ園〉という介護施設《かいごしせつ》で昼ごはんを食べたり、入浴をしたり、入居《にゅうきょ》や通所している人と交流するサービスを受けたりすることになった。

本当は、〈すみれ園〉の車で帰ってくる時間がママの帰宅《きたく》時間より早いし、いろいろ大変になるから、ママは仕事をやめるといっていた。

一番の問題は、おばあちゃんの部屋のスロープをつけたはきだし窓《まど》は、外から開けられないから家の中から開けるしかない、ということだった。

それに、まだ慣《な》れていないおばあちゃんを一人にしておくわけにもいかない。

「……わたしならおばあちゃんが帰る時間にもう家に帰っているから、鍵《かぎ》を開けるよ。ママは仕事やめないで」

わたしはその役割《やくわり》をかって出た。

ママが司書の仕事が大好きなのを知っていたから。

何かあったら……と心配するパパとママを、すぐに電話するからだいじょうぶ、と説得した。

でも……おばあちゃんがあんなに変わってしまっていたなんて。

知っていたら、引き受けなかったのに。

留守番《るすばん》初日から気が重い。


おばあちゃんがデイサービスからもどってくるまであと三十分もあるのに、コロンを抱《だ》きしめて窓《まど》の外を何回も見てしまう。

夕方の四時半になると、紫色《むらさきいろ》の文字で〈すみれ園〉と書かれた白いワゴン車がうちの前に止まった。

「帰ってきた！」

手にかいた汗《あせ》をスカートでふくと、階段《かいだん》をかけおりておばあちゃんの部屋へいく。鍵《かぎ》を回してはきだし窓を開けると、おばあちゃんの高い声が聞こえてきた。

「ほんまに、お世話に、なりましたあ」

「宮野《みやの》さん、暑いから水分よくとってゆっくり休んでね」

「おおきに。あ、わたしの、孫の、あかりです」

おばあちゃんが車いすを押《お》している優《やさ》しそうなおばさんに、ニコニコといった。

えーっ、なにこの外ヅラの良さ！

「ああ、あなたがあかりちゃん？　おばあちゃんのためにお留守番《るすばん》してくれているんだってね。ありがとねえ」

おばさんは目を細めると、上手に車いすをスロープに乗せて、部屋に入れてくれた。

ベッドに腰《こし》かけたおばあちゃんは、〈すみれ園〉の車の音が遠ざかると、あまえた声でつぶやいた。

「ああ、クリームパンが食べたいわあ」

「ママが夕ごはん、ちゃんと用意してくれるよ」

「今日は、なんか、食欲《しょくよく》がないんや。クリームパンなら、食べられる」

「食欲あるじゃん」

ぼそっとつっこんでみる。

「それくらいしか、楽しみがないんやから、ええやろ！」

うわあ、またわがままがはじまった。

……ん？

これがママのいっていた「感情《かんじょう》がコントロールできない」状態《じょうたい》なのかな？　なんか、わがままとの違《ちが》いがよくわからない。今までいっしょに住んでなかったし。

わたしはなるべく落ち着いた声でいった。

「楽しみがほしいなら、部屋にテレビおいてもらえばいいんじゃない？」

「めえ、目が、悪くなるから、テレビも新聞も、ええねん。な、おつりはとっとき。な、だからはよ、買《こ》うてきて」

おばあちゃんはテーブルの上のさいふを開け、五百円玉を手のひらにのせるとわたしのほうにのばした。

「……おつりはちゃんと、返すから！」

わたしは五百円を握《にぎ》りしめると、玄関《げんかん》から飛びだした。さすような日差しをあびて、思わず目をつぶる。

おばあちゃん、わたしを子どもだって、ばかにしている。おこづかいをあげれば子どもはいうことを聞くと思っていたら大間違《おおまちが》いだ。

かけ足でコンビニに入ると、ひんやりした店内の空気で汗《あせ》がすっとひいた。

「あれっ……ない」

いつもおいてある、ヤマキのクリームパンがない！

チョコパンとあんパンしかない。

店員さんに聞くと、今日は売り切れたということだった。

「他のじゃ、ダメなんだよなあ」

絶対《ぜったい》に「クリームパン！」っていうに決まっている。

「〈えちごや〉にいくしかないか……」

わたしは道をひきかえすと、途中《とちゅう》にある交差点を右に曲がった。

古い家のつづく住宅街《じゅうたくがい》を少し歩くと、公園の向かい側に〈えちごや〉の看板《かんばん》が見えた。

〈えちごや〉は、藤井奏太《ふじいそうた》のおじいちゃんがやっているお店だ。二階と三階が自宅《じたく》で、一階が店舗《てんぽ》になっている。

駄菓子《だがし》とか、トイレットペーパーとか、雑誌《ざっし》もあるし、おじいちゃんがはくようなズボンやおばあちゃんが着るようなT《ティー》シャツが吊《つ》り下げられていたりする。

小さいころはママとよくきていたけど、コンビニができてからはあまり買い物することがなくなっていた。

藤井がいるかも……と思うと足が止まる。

ポケットの中の五百円玉を指先でこすった。おばあちゃんの顔がうかんでくる。

――もう、しかたないな。

お店の中をのぞきこむ。

あれ？　電気はついているけど、だれもいない……？

前にきたの、いつだっけ？　吊《つ》り下げられている茶色のブラウス、前と変わってない気がするけど、気のせいだよね？

カラカラと引き戸を開けると、いっしゅん、ギターの音が聞こえた気がしたけど、すぐにとぎれた。

香《こう》ばしいにおいがお店の中に広がっている。

これって……コーヒーの香《かお》り？

「こんにちは……」

おそるおそる奥《おく》の部屋に向かって声をかける。

「はーい」

おじいちゃんじゃない、声がした。

奥から顔を出したのは、藤井《ふじい》だった。

「あ……ども」

藤井《ふじい》はぼそっというと、メガネをこぶしでチョンと上げた。

児童館で、目が合ったことを思いだしてしまう。

藤井は三年生のときに、〈えちごや〉に引《ひ》っ越《こ》してきて、隣《となり》のクラスに転入した。前に店番をしていたおばあちゃんの体調が悪くなったから同居《どうきょ》することになったと、他のクラスの情報《じょうほう》にも詳《くわ》しい美奈《みな》がいっていた。

五年で同じクラスになったけど、藤井もわたしもあまりしゃべるほうじゃないから、そんなに会話をしたことがない。

藤井は、今日はグレーのシャツのボタンをきっちり上まで留《と》めている。

やっぱり地味蔵《じみぞう》だ。

「……あ、あの、おじいちゃんは？」

「……奥《おく》でじいちゃん友だちと、コーヒー飲んでる」

「そ、そう」

のんきだなあ。

会話がとぎれて、奥のおじいちゃんたちの笑い声が聞こえてきた。ポケットの五百円玉をまたさわってしまう。

「あっ……何か、いりますか？」

藤井《ふじい》がぎこちなく聞いてきた。

「……クリームパンある？　ヤマキの、四個《こ》入りの」

藤井はうなずくと、パンのおいてあるコーナーにいった。

「あれっ、ない」

「えっ、どうしよう……」

ズンと体が重くなった気がして、思わず本音がもれた。

「あ、ヤマキのじゃないけど、手作りクリームパンだったらあるよ」

藤井がさらっといった。

「手作り？」

「うん。近所の山下《やました》のおばさんが、手作りのパンを売ってるんだ」

藤井はカゴの中から、ビニールに包まれた茶色のパンを取りだした。

シールに一〇八円と書いてある。

「いらっしゃい」

藤井《ふじい》のおじいちゃんが、奥《おく》から顔を出してきた。

白髪《しらが》をのばしてうしろで結んだヘアスタイルに、チェックのシャツとジーンズ。相変わらず、おじいちゃんっぽくなくてかっこいい。

小さいころは驚《おどろ》いたけど、今は日焼けしてキリッとした顔に似合《にあ》っていると思う。

「こんにちは……」

わたしはぺこっと頭を下げた。

「んっ？　おお、宮野《みやの》さんとこのあかりちゃんか？　しばらく見ないうちに大きくなったなあ。そのクリームパン、絶品《ぜっぴん》だよ」

張《は》りのあるおじいちゃんの声を聞くと、本当に絶品に見えてくる。

「はい。でも……」

「どうしたの？」

美奈《みな》たちの態度《たいど》を思いだすと、どこまでおばあちゃんのことをいっていいのかわからない。

「えーっと……ヤマキのクリームパンがほしいのは、うちのおばあちゃんなんです。お気に入りのパンじゃないとだめみたいで、ほーんと、困《こま》っちゃうんですよねー」

なるべく明るい調子でいってみる。

「宮野《みやの》の家……やっぱりおばあちゃんが引《ひ》っ越《こ》してきたんだ」

藤井《ふじい》がメガネの奥《おく》の細い目を見開いた。

ドキッ。

「なんで……知っているの？」

「い、いや。香川《かがわ》たちとしゃべってるのが聞こえたから……」

香川、って美奈《みな》のことだ。やっぱり、児童館にいたとき、聞こえていたんだ。

「う、うん。大阪《おおさか》に住んでいたんだけど……最近、引っ越してきたんだ」

おじいちゃんはわたしの目を見て大きくうなずいた。

「そうだったのかい。じゃあ、これはおばあ

ちゃんにサービスだ。はい、あかりちゃんにも」

おじいちゃんはそういうと、わたしの目の前にクリームパンを二つ、差しだした。

「えっ……いいんですか？」

「もちろん。今度はおばあちゃんもいっしょにお店に遊びにきてよ」

「……はい」

思わず下を向いてしまった。

車いすに乗っているなんて……いわなくていいよね。

「じゃあ、また」

藤井《ふじい》は右手を胸《むね》のあたりにぎこちなく上げた。

「おばあちゃんによろしくな」

おじいちゃんは、ニカッと笑った。

お店から出ようとすると、またギターの音が聞こえてきた。

――あれっ、やっぱりギターの音がする……。だれが弾《ひ》いてるんだろう。

気になったけど、ふりむかずにかけ足で家へ向かった。

「おばあちゃん、怒《おこ》ってないといいけど」

怒鳴《どな》られたら、どうしよう。

おでこの汗《あせ》を手の甲《こう》でぬぐう。石をけとばすと、もやもやをふりはらうように家へ急いだ。

「ただいまー」

おばあちゃんの部屋に声をかけるけど、返事がない。

ふすまをそーっと開けると、おばあちゃんは、ベッドの上で寝《ね》ていた。

クークーッ。シュウウ……。

いびきが返事をしている。

「えーっ。せっかく買ってきたのに……」

たたみの上にぺたっと座《すわ》りこんだ。おばあちゃんの部屋の蒸《む》し暑い空気が、ねばっこくわたしを包む。

ムカムカがこみあげてきて、思わず大きな声が出た。

「もうっ！」

こっちの気も知らないで！

起きてもいいと思ったのに、おばあちゃんのいびきはますます大きくなった。

「はあーっ」

あー暑い。

窓《まど》を見ると、西日が入ってくるのがまぶしいのか、カーテンをぴったり閉《し》めている。網《あみ》戸《ど》にすると扇風機《せんぷうき》のスイッチを入れた。ヴーン……と静かな音を立てて、羽が回りだす。

風に当たると少し気もちが落ち着いて、部屋を見回した。

ママがかざった小さいひまわりの花と、カレンダー以外に何もない。

ベッド脇《わき》のサイドテーブルの上に、折鶴《おりづる》がおいてある。

「おばあちゃん……リハビリで折ったのかな？」

羽も、顔も、裏《うら》の白い部分が大きく見えていたり、体の部分がふくらんでいなかったり。

小さい子が作った折鶴みたいだ。

「あっ」

扇風機の風で折鶴がベッドの下に落ちた。

拾おうとして、ベッドの足元に色がうすくなったえんじ色の表紙のアルバムがおいてあるのに気がついた。背《せ》の部分に「慎子《しんこ》の思い出」と書いてある。

「おばあちゃんの……アルバム？」

思わずつぶやくと、おばあちゃんが「うーん」といって目をうっすらと開けた。

「あかり、帰っ、とったん、かあ……」

「あ……うん」

「いつまでたっても、帰ってこんから、寝《ね》てしもうてたわ」

そのいい方にムカッときたけど、ぐっとこらえて優《やさ》しくいった。

「坂の下のコンビニにはヤマキのクリームパンが売ってなかったから、〈えちごや〉っていうお店までいってきたの」

わたしは藤井《ふじい》のおじいちゃんにもらったクリームパンを差しだした。

「これ、手作りだから、すごくおいしいって」

「へえ、一個《こ》で、一〇八円！　いつもなら、四個入りが、買える値段《ねだん》やわ！」

おばあちゃんは値札《ねふだ》をきっちり見て、声をはりあげた。

うわ〜セコイ‼　せっかく暑い中、買ってきたのに！

「大きさが違《ちが》うでしょ！　それに、これは『おばあちゃんにサービスだ』っていって、〈えちごや〉のおじいちゃんが二個プレゼントしてくれたんだよ」

思わずいいかえす。

「はあ、えらいサービスがええんやなあ」

「わたしのクラスメイトのおじいちゃんだから」

「そうなんか。じゃあこれ、いただきましょ。あかり、悪いけど、お茶、持ってきて。ママがポットに、入れてくれたのが、もうなくなったんや」

「はいはい」

ようやくクリームパンを手に入れて帰ってきたのに、ありがとうもいわないんだから！ 口をとがらせて、わたしはキッチンへ向かった。

「麦茶持ってきたよ」

部屋にもどると、おばあちゃんはもう半分もクリームパンを食べてしまっていた。

すごい食い意地！

「これ、おいしいわあ。いつものとは、比《くら》べ物、ならん」

おばあちゃんは目を細めて、クリームパンにかぶりついている。

「そう」

あきれて、そっけない返事しかできない。

わたしもクリームパンを一口食べる。

ふんわりしたパンの中に、ほんのり卵《たまご》のにおいがするカスタードクリームがたっぷり入っていて、口の中に優《やさ》しいあまさが広がっていく。

「ヤマキのクリームは、ツルッとした感じで、あまーいけど、これは、さっぱりして、夏でも、食べやすい」

「おばあちゃん、まるでスイーツ評論家《ひょうろんか》みたいだねぇ」

「そうやろ？　うまいこと、いうやろう～？」

ちょっとイヤミっぽくいったつもりだったのに、口の端《はし》にクリームをつけていばってるおばあちゃんを見ると、思わず笑ってしまった。ママなら、こんなときはすぐ手をふって「そんなことないよ」っていうのに、認《みと》めちゃうんだ。

おばあちゃんの満足そうな顔を見ていると、さっきまでのイライラが少しずつ消えていった。

クリームパンを食べながら、わたしはアルバムを指さした。

「ねえ、あのアルバム、おばあちゃんのなの？」

「そうやで。開けてみて、ええよ」

表紙をめくるとほこりっぽいにおいがして、白黒の赤ちゃんの写真が目に飛びこんできた。

「羽田家《はねだ》の四女、慎子《しんこ》誕生《たんじょう》」

わたしが書かれている字を読むと、おばあちゃんがぼそっといった。

「おばあちゃんは、六人兄弟の五番目。姉が三人。兄が一人。弟が一人」

「へーっ。おばあちゃんにそんなに兄弟がいたなんて、知らなかった」

「おばあちゃんの、時代にしては、多いほうやったなあ。昔は当たり前、やったけど」

次のページをめくると、いきなり真っ赤なワンピースを着た、スタイルのいいきれいな女の人の写真が貼《は》ってあった。

栗色《くりいろ》の長い髪《かみ》にゆるいパーマがかかっていて、少しハデなお化粧《けしょう》もよく似合《にあ》っている。

「この人……もしかして、おばあちゃん？」

「ハハハ。そうや」

うそ、といいかけて飲みこんだ。今と全然違《ちが》う。

入院して少しやせたけど、おばあちゃんはまだぽっちゃりしていて顔もむくんでいる。白髪《しらが》まじりの灰色《はいいろ》の髪は短くカットしていて、いつも寝《ね》ぐせでバサバサしているし、もちろんお化粧なんてしていない。

たおれる前のおばあちゃんは、小さいけどオシャレなブティックで働いていて、かっこよかったのに……。

もう一度アルバムのきれいな人をよーく見る。

「おばあちゃんの実家は、お商売してたけど、お店がつぶれて、大変やったから、小さいころの写真がないねん。いきなり、大人になってるやろ」

クリームパンを食べおわったおばあちゃんは麦茶を飲んだ。

「おばあちゃんは、昔から、オシャレが好きやったけど、好きな洋服も買えんで、いつも姉さんたちの、お下がりやった。だから、服を自分で切ったり、縫《ぬ》い合わせたりして、

ちょっとでも、個性的《こせいてき》になるように、作り直しとったんや」

「えっ、すごい！　自分でアレンジしていたってこと？」

「そうや。それが唯一《ゆいいつ》の楽しみ、やった。だから中学出て、十五歳《さい》のときに、お洋服を縫《ぬ》う、工場で、働きはじめたんや」

「十五歳……？」

わたしと、五歳しか違《ちが》わない。五年後に働くなんて、想像《そうぞう》つかない。

おばあちゃんが写真に視線《しせん》を向けてすました声でいった。

「おばあちゃん、スタイルええやろ～」

わ、また自画自賛《じがじさん》している。まあ、ここは調子を合わせるか。

「うん、オシャレだしね」

「そうやろ。そうやろ。これは十八歳くらいのときかなあ。ようやく少し、自分のお金がたまったから、誕生日祝《たんじょうび》いに、初めて自分でワンピースを作ったんや」

おばあちゃんの口調がなめらかになってきた。

「自分で作ったの……？」

「そうや。型紙からぜーんぶ、自分でデザインしたんや」

おばあちゃんが目を細めた。

もう一度写真を見る。とてもきれいなシルエットで、金ボタンやポケットのかざりもついている。とても手作りしたなんて思えない。

おばあちゃんが裁縫《さいほう》が得意なのは知ってたけど、自分の洋服まで作っていたなんてびっくりだ。

「いつか自分のブランド、作りたくて、経験《けいけん》つんでお金ためるために、デパートで、お洋服を売る仕事に、変わったんや」

「ブランド？　おばあちゃんが!?」

そんな夢《ゆめ》があったなんて……。

美奈《みな》たちにいったら、びっくりするかもしれない。

最近、あのブランドロゴが入ったバッグは絶対《ぜったい》ほしいとか、ルイくんデザインのＴ《ティー》シャツをゲットしたとか、そんな話題が多いし。

「高級な服を売ってな。お客さんのことは、サイズからお好みまで、ぜーんぶ、頭に入っとった。帽子《ぼうし》から靴《くつ》まであなたのセンスで選んでっていわれたり。一日中デパートめぐりにおつきあいしてアドバイスしたり。あれはあれで楽しかったなあ」

おばあちゃんは一気にしゃべった。頬《ほお》が赤くなって、目に力が入ってる。仕事を大好きだったのが伝わってくる。

「おばあちゃん、専属《せんぞく》スタイリストみたいじゃん」

美奈《みな》から教えてもらった言葉を使ってみると、ドキドキしてきた。

おばあちゃん、ただお店で洋服を売っていただけじゃなかったんだ……。

「売り上げたら、売り上げた分だけ、お給料が増《ふ》えるしくみやったから、一年で一千万もろたこと、あんねんで」

「い、いっせんまん？」

おばあちゃんが？　ほんとなのかな？

話、盛《も》ってるんじゃない？

「ほんまや。パパに聞いてみい」

おばあちゃんは鼻をふくらませた。

「す、すごいね……」

「おじいちゃんが、亡《な》くなったあとは、パパたちを一人で育てなアカンかったから、無我《むが》夢中《むちゅう》やったんや。自分のブランド、どころじゃや、なくなってしもうたけどな」

誇《ほこ》らしそうに笑ったおばあちゃんの目は、いつもと違《ちが》って自信にあふれているように見えた。

だんだんと、大阪《おおさか》でキラキラしていたころのおばあちゃんのイメージがよみがえってくる。

かっこよくて、いっしょに歩くとわたしもオシャレになった気がしていたっけ。

「ハハハ。昔の話や。今はもうアカン」

おばあちゃんはハンカチで口元を何回もふくと、わたしの目をのぞきこんだ。

「あかりは？　何か好きなことあるん？」

急に聞かれて、ドキッとした。

「なにか趣味《しゅみ》とか、あるやろ」

「えっ……と、」

わたしはアルバムのつづきをめくってごまかした。

わたしの好きなこと……？

ピアノは、小二でやめたし。

ママがすすめてくれる本は……おもしろいけど。

えーっと……ジュピター？　いや、ジュピターはまあ好きだけど、おばあちゃんのいってる「好き」とは違《ちが》うよね？

あれっ……わたし……。好きなことが、ない!?

おばあちゃんがわたしを見てる。

な、何かいわなきゃ。

「友だちと……遊ぶことかな」

おばあちゃんはもう一度口元をふくと、「そうか」とだけいった。

つまらないって思われたかな……？

あせってアルバムのページをめくると、今度は花柄《はながら》のノースリーブのワンピースを着て、デパートの前でポーズをとっている写真だった。

「ママだったら絶対《ぜったい》こういう服、着ないだろうな」

「ママは、地味なお洋服が好きやからな。あかりも、もっと明るい色の服が似合《にあ》うで」

「えっ、そうかな」

「そうや。あかりはいっつもママと同じ、紺《こん》、黒、白、水色、これくらいやろ」

「だってママが、ハデな色とかデザインの服は、わたしに似合わないっていうんだもん」

「そんなことない。色白やし、ピンクとか赤も、似合《にあ》うと思うで」

「そ、そうかな……」

「一千万もろてた、おばあちゃんがいうんやから、間違《まちが》いない」

おばあちゃんは大げさにうなずいた。

「おばあちゃんがまた働いたら、うちは大金持ちになるね」

「ははは。働きすぎて、またたおれたら、かなわんし……そもそも、こんな体じゃ、もう、無理や」

「無理じゃないよ。リハビリすれば、また歩けるようになるし、左手も動くようになるって、病院の先生もいってたんでしょ」

おばあちゃんは急に声をひそめると大げさにつぶやいた。

「病院にいたときも、デイサービスでも、よーう聞くんよ。リハビリして、コケて、骨折《こっせつ》して、寝《ね》たきりになった……って話！」

「コケないように、わたしも見てるから」

「おばあちゃんは、ずっと一人でがんばってきたからな……いくら自分の子どもやお嫁《よめ》さんや孫でも、これ以上だれかのお世話になるのは、イヤなんや」

「でも……リハビリしてやりたいこと……あるでしょ？」

おばあちゃんの顔をそっと見ると、表情《ひょうじょう》が固まった。

「そうやなあ……。おじいちゃんとこ、いきたいなあ」

「えっ」

それって……？

聞きかえそうとすると、おばあちゃんはアルバムのほうを向いた。

その目つきが急に険《けわ》しくなる。

「おじいちゃんと住んでた、大阪《おおさか》の家にもどりたい。おじいちゃんと建てて……慎一郎《しんいちろう》と、シンジを、育てた思い出が……つまってんねん！」

興奮《こうふん》したおばあちゃんの声に、思わず肩《かた》がびくっとなった。

おばあちゃんはまばたきすると、ハッとしたようにいった。

「あかり、薬飲むの忘《わす》れてた。薬飲むわ、薬」

「う、うん。麦茶入れるね」

コップに麦茶をつぐと、おばあちゃんはあわてたように枕元《まくらもと》の袋《ふくろ》に手をのばし、ベッドの上に錠剤《じょうざい》を出した。

白い玉、赤い小さい玉、そして白と緑色のカプセル。

おばあちゃんは薬を飲むと、ふーっと深呼吸《しんこきゅう》した。

「だいじょうぶ？」

「ああ、カーッとなったら、みんなに、迷惑《めいわく》、かけるのになあ。朝も飲み忘《わす》れてたわ」

……あんな薬だけで気もちが落ち着くの？

ああ……でも今はブレーキがかかったみたい。

良かった……！

おばあちゃんは自分の胸《むね》に手を当てて呼吸を整えたあと、ぼそっといった。

「あかり、次のページ、めくってみて」

アルバムをめくると、公園のベンチでおばあちゃんの隣《となり》にピタピタのシャツを着た男の人が座《すわ》っている写真が貼《は》ってあった。

「この人が……おじいちゃん？」

「そうやで。おじいちゃんは、ええ男やった。おばあちゃんのわがままをいつもゆるしてくれて……。でも、あっという間に、おらんなってしもた」

おばあちゃんの声はしぼんでいく。

「あかりは……ええね。おばあちゃんなんて、慎一郎《しんいちろう》は、二十年以上前に、東京《とうきょう》の大学にいったっきり。シンジも家を出て京都《きょうと》に住んで……おじいちゃんと建てた家にも住めなくなって、一人になってしもた」

えっ……一人……？

わたしたちがいるじゃん……。

口をうっすらと開く。

——ここはもう、おばあちゃんの家だよ。

——家族じゃん。

頭の中では言葉がうかぶ。

でも……声にならない。

ジジッ。

セミが、勢《いきお》いよく網戸《あみど》にぶつかった。

おばあちゃんは窓《まど》の外に目を向けた。さっきまでの自信が消え、またぼんやりした目で遠くを見ている。

「……また、このクリームパン、買ってくるから」

やっとそれだけいえた。

少しでも楽しみが増《ふ》えたら、この家にいたくなるかもしれない。

そう思って、しぼりだすようにいったのに。

部屋を出ようとした瞬間《しゅんかん》、おばあちゃんの消えそうな声が聞こえた。

「おばあちゃんの家族……どこへ、いってしまったんやろねえ。なんのために、生きてきたんやろ……」

強い砂嵐《すなあらし》が体のまん中を通りすぎていくような感覚がした。

わたしはクリームパンが入っている紙袋《かみぶくろ》の口をぎゅっと握《にぎ》って、リビングへ向かった。

3　ほどけたリボン

今日で夏休みが終わり、いよいよ明日から新学期だ。

「何着ていこうかな……？」

ランドセルに宿題を入れると、クローゼットを開けた。紺《こん》、黒、グレー、ちょっとだけ白。たしかに地味な色ばっかりだ。

……うーん、藤井《ふじい》のことはいえないな。

一つだけ、きれいな色で目立っているカットソーを手に取った。

ピンクの細いボーダーが入っていて、左胸《ひだりむね》の上のあたりに紺のサテンとシフォン生地を重ねた大きなリボンがついている。光が当たると上品に光るサテン生地の下から、ふんわりしたシフォンがちょこっと見えるのがかわいい。

四年生のときはしょっちゅう着ていた。けれど五年生になって美奈《みな》たちが、「五年でピンクってちょっと子どもっぽいよねー」っていっているのを聞いてからは、クローゼットにかけっぱなしになっていた。

でも、久《ひさ》しぶりに見ると、やっぱりかわいい。

来年は背《せ》が伸《の》びて着られなくなるかもしれない。

どうしよう……。そうだ！

わたしはおばあちゃんの部屋へ向かった。

「おばあちゃん、起きてる？」

ふすまを開けると、またもわんとした空気に包まれた。少し汗《あせ》くさい気もする。

おばあちゃんは、ベッドの上で折り紙をしていた。

「おはよう。鶴《つる》を折ってたの？」

「ああ、おはようさん。これ、あかりにあげるわ」

おばあちゃんが中途半端《ちゅうとはんぱ》にふくらんだ折鶴《おりづる》を手渡《てわた》してきた。

「わたしに？」

「こんなんいらんかもしれんけど……」

めずらしく、おばあちゃんがモジモジしている。

「う、ううん。ありがとう」

わたしは引き出しからビニール袋《ぶくろ》を出すと、たくさんの折鶴《おりづる》を入れた。

「それより、どうしたんや」

「おばあちゃん、このカットソー、明日学校に着ていこうかと思うんだけど、どうかな」

わたしはカットソーを広げて体に当てた。

「かわいいやん。よう似合《にあ》ってる」

おばあちゃんは、いつもより明るくてはっきりした声でほめた。

いつも正直なおばあちゃんだから、本当のことしかいわない気がする。

その声を聞くと、「似合ってるんだ」って、自信がわいてきた。

おばあちゃんのお客さんも、こうやってお洋服を選んでもらったら、いい気分だったかもしれない。

「あれ、ちょっと待って」

おばあちゃんはわたしを手招《てまね》きすると、カットソーについている紺色《こんいろ》のサテンのリボンを指さした。

「あかり、ここのリボン、取れかけとるよ」

「えっ？」

リボンをちょん、と動かすと、たしかに中心で縫《ぬ》いとめてあった糸がゆるんで、ほどけそうになっている。

「やだ。全然気がつかなかった」

あとでママにお願いしよう、そう思った瞬間《しゅんかん》、かすれた声が聞こえた。

「……おばあちゃんが、縫おうか？」

「えっ⁉」

おばあちゃんは、はずかしそうに咳《せき》ばらいをした。

「最近、ちょっと左の指も動くようになってきたし、リハビリになるしな」

「う、うん……」

おばあちゃんが、縫い物？　しかもこのカットソーで？

「お荷物で、ただ生きてるだけなら、死んでるのも、いっしょ。やらせてほしいな」

えっ……。

おばあちゃんの目は、真剣《しんけん》だった。

……ほんのちょっとの部分だ……リボンを縫うだけなら。

おばあちゃんがせっかくやる気になったのを、がっかりさせたくない。

なんとか声を、しぼりだした。

「じゃあ、おばあちゃん、お願いしていい？」

「よーし、あかりのためなら、がんばるでー」

おばあちゃんは曲がった指でピースをした。

アルバムの中の、おばあちゃんの笑顔と重なった。

この家にきてから、初めておばあちゃんのこんな顔を見たかもしれない。

「ちょっと待っててね。お裁縫箱《さいほうばこ》、とってくるから」

二階にタタッとかけあがる。引き出しから小さいお裁縫箱を出すと、コロンと目が合った。

「コロン、おばあちゃん、わたしのカットソーのリボン、縫《ぬ》ってみるんだって」

明るくいってみたけど、不安が胸《むね》をよぎった。

（だいじょうぶだよ。少しの部分だし）

コロンがわたしの背中《せなか》を押《お》してくれる気がした。

だいじょうぶ、だいじょうぶ。

心の中でつぶやきながら階段《かいだん》を下りる。

おばあちゃんにお裁縫箱《さいほうばこ》をわたすと、子どもみたいに、針《はり》や糸の色をつまみあげて、たしかめている。

「久《ひさ》しぶりで緊張《きんちょう》するから、見んといてや。できたら教えるわ」

「じゃあ、おばあちゃん。よろしくお願いします」

わたしはそーっと部屋を出た。

リビングにいくと、さっそくママに報告《ほうこく》した。

「ママ、おばあちゃんがね、わたしのカットソーのリボンがとれかけていたの、縫《ぬ》ってくれるって」

「えっ、おばあちゃんが……？」

ママは何かいいたそうにしながらも、フライパンをゆする手を止めなかった。

「うん、なんかやる気になったみたい」

そのとき、わたしは、リボンをほんのちょっと縫うだけだし、もしうまくいかなかったら後でママに直してもらえばいいかな、くらいに思っていた。

なのに、あんなことになるなんて。

夕食の時間になっても、おばあちゃんは何もいってこなかった。

ごはんを食べおわるとわたしはそっと聞いてみた。

「おばあちゃん、リボン縫《ぬ》ってくれた？」

おばあちゃんはあせったように早口で答えた。

「あ、ああ、あれな。ちょっと時間がかかってるけどな。もうすぐできるから」

「ほんと？　明日着ていきたいんだけど、だいじょうぶ？」

「ああ、ああ、まかせとき」

おばあちゃんは目を合わせない。

……本当にだいじょうぶなのかな。

だめなら、早く返してくれたほうがママにお願いできるのに。

でも、そんなことはいえない。

わたしはお風呂《ふろ》に入ったあと、待ちきれずにおばあちゃんの部屋へいった。

「おばあちゃん、リボン、どう？」

おばあちゃんはわたしを見ると顔をこわばらせ、持っていたカットソーを隠《かく》すようにベッドの奥《おく》においた。

「まだ時間かかってんねん。かんにんや」

おばあちゃんは、わたしから目をそらすと早口でいった。

……これはもう、あきらめるしかなさそうだ。

「できているところまででいいよ」

後でママにやってもらおうと思ってそういうと、明らかにおばあちゃんの声が上ずった。

「あっ、いや、もうちょっと待ってや」

おばあちゃんのあせった口調に、いやな予感がした。

「ほんと、もういいから」

わたしはさっとベッドに向かうと、「あっ」というおばあちゃんの声を無視《むし》してカットソーを手に取った。

「ああ……」

おばあちゃんの弱々《よわよわ》しい声を聞くと胸《むね》がズキッと痛《いた》んだ。

けれど、今取りもどさないと大変なことになるような気がする。

本当は、こんなことしたくない。でも……。

わたしはおそるおそるカットソーを広げると、リボンの部分を見た。

「えっ……？」

思わず声を失った。

中心の部分はぐちゃぐちゃに縫《ぬ》われ、リボンの長さが右と左で違《ちが》ってしまっている。

きっと、縫っている途中《とちゅう》で逆《ぎゃく》にほどけてしまって、もう一度縫い直したに違いない。

ひどい……！

信じられない。

「久《ひさ》しぶりやったし、指もよう動かんから心配やったけど、しっかり縫えてるやろ～！」

押《お》し黙《だま》っているわたしのそばで、おばあちゃんは頬《ほお》をピンク色にして笑った。

おばあちゃん、これでうまく縫えたと思っているの？

……それとも、うまいことといってごまかそうと思っている？

たしかにしっかり縫えてるし、もうほどけないかもしれない。

でも、普通《ふつう》に縫いとめてくれるだけでよかったのに。

縦《たて》、横、おまけにななめ、ギザギザに縫われてしまっている。

「リボンがさけそうになってたからなあ。気がきくやろ」

気がきく？　おばあちゃん、この縫《ぬ》い方、ヘンって思わなかったの？　縫うのに夢中《むちゅう》で気がつかなかったの？

それとも……こんなこともわからなくなっちゃったわけ⁉

わたしはゴクッとつばを飲みこんだ。

……いっちゃだめ……。責《せ》めちゃだめだ。

カットソーを握《にぎ》りしめていると、おばあちゃんはフゥと息をついた。

「ようやく、役に立てたなあ」

「えっ」

「おばあちゃん、この家にきてから、なんの役にも立てんかった。みんなのお荷物になるだけ。まだ、六十五歳《さい》なのに」

カットソーをぎゅっと握って、わたしはなんとか首を横にふった。

「ええねん。おばあちゃんには、わかる」

おばあちゃんの左手の人差し指に、よれたばんそうこうがはってあるのがわかった。もしかして、針《はり》で刺《さ》してしまったのかもしれない。麻痺《まひ》している左手で押《お》さえながら縫うのは、大変だったんだろう。

けど……。

目の奥《おく》がジンと熱くなってきて、おばあちゃんに背《せ》を向ける。

「あ、あかり。また何かあったら、いうてな。これくらいなら、おばあちゃんもできるし」

おばあちゃんのはずかしそうな声を、かろうじて背中《せなか》で受けとめた。

首だけでふりかえったわたしに、おばあちゃんはすがるような目をして、「ほんま、遠慮《えんりょ》せんと、いうてな」と、ほほえんだ。

かすかにあごをひくと、わたしは急いで部屋を出た。

階段《かいだん》をドンドンとかけあがり、バタン！と乱暴《らんぼう》に部屋のドアを閉《し》めた。

がまんしていた涙《なみだ》がわっとあふれてくる。

お願いするんじゃなかった。

お願いするんじゃなかった。

リボンの縫《ぬ》い目をもう一度見つめる。

しっかり生地に食いこんでる。

きっと、わたしに喜んでほしい、役に立ちたい、って思ったんだろうけど、これじゃあもう元にもどせない。

こんなの、もう着られない！

「……おばあちゃんのバカッ！」

カットソーを床《ゆか》に思いきり投げつけた。


翌日《よくじつ》の朝、ピンクのカットソーと紺色《こんいろ》のＴ《ティー》シャツを交代に体に当てた。

朝の明るい光の中で見ると、リボンの縫い目がさらに目立つような気がした。

しかたなく紺色のＴシャツを着て、リビングへ向かった。

あーあ、おばあちゃんに会うの、気まずいな……。

せっかくの新学期なのに、なんでこんなことでブルーにならなきゃいけないんだろ。

深呼吸《しんこきゅう》してドアを開けると、おばあちゃんがニコニコしてもうテーブルについていた。

いつもわたしが起こしているのに……こんなこと、初めてだ。

わたしがカットソーを着てくるのを待ちかまえていたんだ、きっと。

わたしを上から下までながめると、おばあちゃんから笑顔が消えた。

「あ、あかり、あのピンクのカットソ、着ていかへんの？」

おばあちゃんの目、見られない。

「今日は暑いから、やっぱりこのT《ティー》シャツにしようと思って。ごめんね」

「ああ……そうなん……」

がっかりしたおばあちゃんの声に息苦しくなる。

キッチンへいき、飲みたくない水を飲んだ。

「今日は朝ごはんいらない」

ママにぼそっといって、洗面所《せんめんじょ》へ向かった。

「どうしたの。気分でも悪いの」

ママの声が追いかけてくる。

「ううん、暑くて食欲《しょくよく》がないだけ。今日はすぐ帰ってくるし」

それだけいうと、ドライヤーのスイッチを押《お》した。寝《ね》ぐせなんて何もついていないまっすぐな髪《かみ》に、ひたすら風を当てた。

教室の入り口をくぐると、うしろからすぐに藤井《ふじい》が入ってきた。

「あ、きのうはどうも」

藤井があごをチョン、とつきだすようにいった。

これまであいさつなんてしたことなかったから、なんかヘンな感じ……と思っていると、美奈《みな》たちがこっちを見ているのに気づいた。

いきなり地味蔵《じみぞう》としゃべっていたら、絶対《ぜったい》ヘンに思われる。

思わず藤井から目をそらしてしまった。

「あ、みんなおはよー」

そしてそのまま美奈たちのところへ急いだ。

藤井には悪いと思ったけれど、きのう〈えちごや〉にいったことをみんなの前で話されても困《こま》る。

それに今、おばあちゃんの話はしたくない。

新しいカチューシャをしている美奈《みな》を見て思いだした。おばあちゃんがブランドを立ちあげる夢《ゆめ》があったって教えようとしていたことを。

うちのおばあちゃんも、すごいんだよって。

……ばっかみたい。何を自慢《じまん》できるっていうんだろう。

紺色《こんいろ》のT《ティー》シャツのすそをひっぱると、そっとため息をついた。

近くにいくと、「これ、〈パル〉で買えるよ」と、カチューシャをりぃちゃんの頭の上にのせていた美奈が、いきなり声をひそめてわたしにいった。

「ねえねえ、あかりのおばあちゃん、大変なんだって？　脳《のう》こうそくっていう病気だったんでしょ？」

「えっ……なんで……？」

心臓《しんぞう》がドキン、とはねた。

「この前スーパーで、うちのママがあかりのママに会って聞いたんだって」

「そ、そうなんだ」

声がかすれる。

「もう、歩けない……んだよね？」

「えっ、違《ちが》うよ。手すりとか杖《つえ》があれば歩けるよ」

思わずむきになった。

この前、おばあちゃんの話をしようと思ってもさえぎられたのに、なんでこんなことはつっこんでくるわけ？

ずっと車いすに乗っているおばあちゃんの姿《すがた》が頭をよぎって、さらにムカムカがこみあげてきた。

「うちのママ、介護《かいご》のお仕事しているからわかるんだって。一度車いすに慣《な》れちゃうと……なかなか難《むずか》しいって」

美奈《みな》はさらに声を小さくしたけど、そんなの、なんの意味もない。

胸《むね》に冷たい氷を当てられたみたいな気分になる。

おばあちゃんの話をするのもいやなのに……。

もうやめてよ！

「……そんなのわかんないじゃん！　まだ、こっちの生活に慣れてないから使っているだけだし……」

わっ、またいってしまった。

美奈《みな》にこんなふうにいいかえしたことがないから、りぃちゃんもまっきーもびっくりしてわたしを見ている。

やっちゃった……。

この空気、変えなきゃ。

わたしは気もちをぐっとおさえて明るい声を出した。

「で、でもさ、美奈のママ、介護《かいご》の仕事をしているなんてすごいね」

美奈はまんざらでもない表情《ひょうじょう》になった。

「そうかな。腰《こし》が痛《いた》いっていつもいってるよ」

「うちのママは慣《な》れてないから大変そうだけど、美奈のママなら平気だったかもね」

りぃちゃんとまっきーが調子を合わせていいのかわからない感じで、かすかにうなずく。

ああ、やだ。

ママががんばっているのはわたしが一番よくわかっているのに、なんでこんなことをいってしまうんだろう。

「うーん、でもうちのママは、おばあちゃんの介護が必要になったら施設《しせつ》に入ってもらう、っていってるよ」

「えっ……？」

今、いっしょに住んでるのに？

「おばあちゃんも、介護《かいご》する家族が大変だからわたしに何かあればそうしてほしいって

いってる」

「……」

胸《むね》がドク、ドクと打つ。

「施設《しせつ》のほうが、介護のプロの人がいるし、友だちもできるし、いいんだってさ」

……何も、知らないくせに。

美奈《みな》のおばあちゃんが元気だからって、勝手なことばっかりいわないでよ！

おなかの底におさめようと思っていた気もちがあふれてきた。

「うちの、おばあちゃんは、うちで、だいじょうぶだから」

普通《ふつう》にいおうとしたのに、声がふるえてしまった。

「あっ、あかりのうちのことをいってるんじゃないよ。ママがそういってただけ。……まあ、でもやっぱりうちは無理かな」

美奈の顔が険《けわ》しくなったところでチャイムが鳴った。

席につくと、汗《あせ》がふきだしてきた。

いけないいけない。

わたし、おばあちゃんにイライラしていたのに。どうしておばあちゃんのことをいわれると、カッとなっちゃうんだろう。

りぃちゃんもまっきーも、おじいちゃんやおばあちゃんは近くに住んでいない。

美奈《みな》はおばあちゃんといっしょに住んでいるけど、あんなことというなら、わたしの気もちなんて絶対《ぜったい》わからないだろうし。

でも、美奈の言葉で、チラッと考えてしまった。

……おばあちゃん、施設《しせつ》に入らないのかなって。

近くの施設にいて、いつも様子を見にいくほうが、仲良くできるんじゃないかな、って。

これって……ひどい考えなのかな?

おばあちゃんがきてから、わたし、どんどんいやな子になってる気がする。

まだ、胸《むね》の奥《おく》がカッカしている。

T《ティー》シャツのすそを、ギュッとつかんだ。

いつもは休み時間になると、みんなで美奈《みな》の机《つくえ》に集まる。だけど今日はなんだか気まずくて、教室を出てきてしまった。

トイレにいっても気分がすっきりしないから、思いきって外に出ることにした。靴《くつ》をはきかえようとすると、昇降口《しょうこうぐち》から藤井《ふじい》が出ていくのが見えた。

――そういえば今朝、藤井を無視《むし》しちゃったんだっけ。

目が勝手に藤井の背中《せなか》を追う。藤井はグラウンドからもどってきた下級生の小さい男の子たちに、「あ、そーたくんだ！」と取り囲まれた。

「そーたくん、どこいくのー？」

「チャボ小屋だよー」

そっか。藤井、飼育《しいく》委員だったっけ。

藤井は小さい男の子たちに、「バイバーイ」と手をふられると、にこにこ手をふって校《こう》舎《しゃ》とグラウンドの間にあるチャボ小屋の中へ入っていった。

藤井って、クラスじゃ目立たないけど下級生には人気があるんだな。

なぜか後を追いかけて小屋のすぐそばまでいったけど、藤井はわたしに気づかずに、「チャーボー、夏休み、元気だった？」と白いチャボに話しかけながら掃除《そうじ》をはじめた。

チャーボー？　チャボに名前なんてついていたかな？

首をかしげていると、藤井《ふじい》がわたしに気づいてビクッとした。

「み、宮野《みやの》。なんでいるの」

「あ、えっと……」

教室にいづらかったから、なーんていえないし。

「あ、あの。きのうは、クリームパン、ありがとう」

今度は目を見て、ちゃんといえた。

「おばあちゃん、あれで良かった？」

藤井がにこっとして聞いてくる。

朝、無視《むし》しちゃったのに普通《ふつう》に話してくれるんだ。

胸《むね》の中がじんわりしてくる。

「うん。すごくおいしいって、バクバク食べてた」

「ハハッ。そう」

藤井は安心したようにうなずいた。

……おばあちゃんのこと、気にかけてくれてた。

朝からずっと沈《しず》みっぱなしだった気もちが、ふっと軽くなった。

「そ……掃除《そうじ》、手伝おうか？」

「えっ、なんで？　宮野《みやの》、図書委員でしょ」

「いいよ。クリームパンのお礼だよ」

「あれはじいちゃんが」

「いいからいいから」

わたしがほうきを手にとると、白いチャボと茶色の小さいチャボが二羽、赤い頭をふりながら「ココッココッ」と鳴いて小屋の奥《おく》に逃《に》げていった。

「藤井《ふじい》、いつも一人で掃除やっているの？」

「うん。みんなは掃除、いやがるからな～。くさいとか汚《きたな》いとかいって」

「藤井はいやじゃないの？」

グラウンドを見ると、クラスの男子たちがサッカーをしている。

「めんどくさいけど、チャーボーたち、あ、チャボが待ってる気がしちゃってさ。掃除すると、なんか気分がすっきりするし」

「チャーボーって呼《よ》んでるの？　こっちの白いほう？」

「うん。おれが勝手につけただけだから。他のやつにいわないでよ」

藤井《ふじい》は顔を赤くすると、ほうきをサッサッと動かした。

とびらのすき間から、チャーボーが外に出た。

「あっ、逃《に》げたっ」

あわてて追いかけようとすると、藤井がのんびりした声でいった。

「だいじょうぶだよ。チャーボー、頭いいし。ここにエサがあるのわかっているから、逃げないよ」

「えっ、そうなの」

チャーボーは、トットットッと校庭に向かって少し進んだところで立ち止まり、こっちへもどってきた。

おしりをふっているみたいに走る姿《すがた》がかわいい。

「ね？」

藤井はメガネをくいっと上げた。

「そうだ、山下《やました》のおばさん、今日もクリームパン焼いてきてくれるはず……」

わたしがほうきを動かすのをやめると、藤井はまた顔を赤くして、手を左右にふった。

「あっ、いや、〈えちごや〉の宣伝《せんでん》じゃないからなっ」

ふふっ。

なんだか笑いがこみあげてくる。

「い、いこうかな、あ、でも……」

ほうきを握《にぎ》る手に汗《あせ》がにじむ。

今日は始業式だから早く下校できるけど、留守番《るすばん》がある。

おばあちゃんが〈すみれ園〉から帰ってくるまでに、家にいなきゃならない。

少しだけなら……いいかな？

迷《まよ》っていると、藤井《ふじい》が、「あ、別に、無理しないで」と、あわてていった。

わたしはとっさに首をふった。

おばあちゃんのこと、どこまでいっていいんだろう。

藤井も、うちのおばあちゃんの話なんて……別に聞きたくないよね。

チャーボーが藤井にすり寄《よ》った。

「よしよし、おなかすいてるんだな」

チャボたちにニコニコしながらエサをあげている藤井を見ていると、ふっと気もちがゆるんだ。

「うちのおばあちゃん……脳《のう》こうそく、っていう病気になって麻痺《まひ》が残ってしまったの。だから、親が帰ってくるまでわたしがいっしょに留守番《るすばん》しないといけなくて……」

「えっ、そうだったの？」

しゃがんでいた藤井《ふじい》が、わたしを見上げた。

「車いすに乗ってるから、いっしょに出かけたりできないんだ……」

藤井は少しだまったあと、口を開いた。

「……うちのばあちゃんも、車いすに乗ってたよ」

「えっ」

「ばあちゃんがたおれたあと、じいちゃんだけじゃ大変だから、おれたちもあの家に引《ひ》っ越《こ》してきたんだ。でも……去年またたおれちゃって、今度は……だめだった」

「そ、そうだったんだ……」

いつも店先にいたおばあちゃん、いつの間にか見なくなったと思っていたけど、だめだったってことは……。

藤井とわたしはそのままほうきを動かしつづけた。

胸《むね》が苦しくなって、何かいおうと思っても言葉が出てこない。

「おれもじいちゃんも、車いす、慣《な》れてるから。いつかいっしょにきたら？」

藤井《ふじい》がまたボソッといった。

「あ、ありがとう」

うちだけじゃ……なかったんだ。

わたしだけじゃ、なかった。

チャボ小屋に少し涼《すず》しくなった風がふいた。

4　一万円

お昼ごはんを食べてすぐに〈えちごや〉へいくと、藤井《ふじい》が「ちょ、ちょっと待ってて」

といって奥《おく》に消えた。

そして湯気の出たマグカップを二つ持ってもどってくると、わたしに一つ差しだした。

「はい」

「えっ、いいの？」

「カフェオレ。ミルクと砂糖《さとう》をいっぱい入れたから、苦くないって。あ、じいちゃんが」

「ありがとう……」

こくっ。

あまさが、のどをつたっていく。

自然に、ふーっとため息が出た。

「おいしい」

「良かった。なんか元気ないみたいだったから……」

「え？」

藤井《ふじい》、わたしのことも気にかけてくれてた……？

「ほら、いったろ。女の子はあまいもんを食べたり飲んだりすれば、元気になるって」

おじいちゃんがにやにやしながら奥《おく》から出てきた。

「もう、じいちゃんはだまってて」

藤井がおじいちゃんをシッシッと追いはらった。

「はい、すんません。じゃ、ごゆっくり」

おじいちゃんは笑って奥へいった。

「いいね……。おじいちゃんにいいたいことといえて」

「えっ、宮野《みやの》は、いえないの？」

わたしはもう一度カフェオレをこくっと飲んだ。

「うん……。うちのおばあちゃん、すぐ怒《おこ》ったりわがままいったり困《こま》ったことをするんだけど、病気だからだと思うと何かいえなくて……」

あれ？　……いえないのは、本当におばあちゃんのせい？

わたしはいつだって、だれにだって、いいたいことといえてない気がする。

でも、そのほうが平和だし。

……平和？

最近、わたしの心の中、ちっとも平和じゃないじゃん。

藤井《ふじい》がマグカップをふーっとふいた。

湯気がふんわりとうかんでは消えていく。

うす暗いお店に、午後の日差しが入ってきた。

「おばあちゃんが引《ひ》っ越《こ》してくる前……、楽しみだったんだ。体が不自由になったんだから、助けてあげたいって思ってた。だって……」

藤井はマグカップをしばらく見つめてから顔を上げた。

「だって？」

――家族……なんだし。

ストンと胸《むね》に落ちるはずの言葉が、やっぱりひっかかる。

藤井はしばらくわたしの言葉を待つように、マグカップを見つめていた。

でも、わたしが何もいえないのに気づくと、「お客さん、こないなあ」と、店先に目を向けた。

不思議だ。藤井《ふじい》に話を聞いてもらっていると、なぜかママとお茶をしているときみたいに落ち着いてくる。

カフェオレを飲みおわると、おじいちゃんがまた奥《おく》から顔を出してきた。

「あかりちゃん、奏太《そうた》のギター、聞いてやって」

おじいちゃんはそういうと、大きなギターを藤井に差しだした。

ドキッ、と胸《むね》が鳴る。

「なんだよ、急に……」とぼやきながら、藤井はギターを受けとった。

えーっ、藤井がギター？

この前、〈えちごや〉で聞こえたのって、藤井のギターの音だったの⁉

ギターをルイくんみたいに弾《ひ》く藤井を想像《そうぞう》すると、おなかがひくっとなった。

わたしがつい疑《うたが》いのまなざしを向けてしまったことに気づいたのか、

「あ、じいちゃん、昔バンドやってて……教えてもらってるんだ」

と、藤井がまじめな顔でいった。

ギターの中心は黄色くて、外側にかけてだんだん茶色のグラデーションがかかっている。

ボディはピカピカ、弦《げん》はつやっと光っている。

きれい……。

あれ？　でもルイくんが使っているのとは、ちょっと形が違《ちが》うような気がする。

「このギター、ジュピターが使っているのとは違う種類なの？」

「ジュピター？　あ、ああ。これは、アコースティックギターっていって、ジュピターが使っているのはエレキギターなんだ」

「へえ～」

「ギュイーン！　って感じの演奏《えんそう》はできないけど、これ一本でメロディーを弾《ひ》くことも伴《ばん》奏《そう》することもできるんだよ」


ギターをかまえると、藤井《ふじい》の顔つきが、変わった。

うすいくちびるをした口元がきゅっと上がる。まっすぐな目で、すごく大事なものをなでるようにピックで弦をはじく。

――タタタ……シャララ……ン。

うわっ……。

想像《そうぞう》していたより、ギターの音ははるかに大きかった。部屋に、わたしの全身に響《ひび》く。

たしかに、ルイくんの音はギュイーン、って感じだけど、このギターは優《やさ》しい音色だ。

左手の指がすばやく動くたび、部屋の空気が全部音に変わるような気がした。

藤井《ふじい》の指……細くてすごく長いじゃん……。

それに、なんて速く、きれいに動くんだろう……。

藤井は肩《かた》にかけたストラップの位置を少し首に寄《よ》せると、いすに座《すわ》りなおした。

――シャラララ、シャララ……シャラララララン……。

あっ、『ビリーブ』だ！

頭の中に、音楽の時間に歌ったことのある優しいメロディーが流れだした。

〽たとえば　君が　傷《きず》ついて
　くじけそうに　なった時は

藤井がうなずくように体をゆらして作る音の世界は、優しくて、でもどこか明るくて、体の奥《おく》にすーっと入りこんでくる。
日当たりのいい草むらに、座《すわ》っているような心地良さ。
あたたかくて、大きなやわらかいものに包まれているようでホッとする。
メロディーに合わせて、体が自然にゆれる。
気もちがギターの音色に乗せられて、ふわっとういた。
さわやかな風に運ばれていくような、不思議な感覚。
ずっと……ずっと聞いていたい。この風に、乗っていたい！
なんて、気もちがいいんだろう。
ふいに音が空気に溶《と》けるように、消えた。
あっ……。
まばたきをした。藤井《ふじい》の手が止まっている。
演奏《えんそう》が、終わったんだ……。
わたし、今、どこにいってたんだろう。
まだ、体がギターの音といっしょにゆれている気がする。
どこか遠くへいってもどってきたような気分だ。

藤井《ふじい》は少しはずかしそうに鼻をこすった。

「イマイチだったかな……」

「そっ、そんなことないよ……！」

わたしは大きく首を横にふった。

「こんなにギターが上手なんて知らなかった……」

「いや、まだまだ。じいちゃんは、もっとうまく弾《ひ》けるんだけど」

そういいながらも、メガネの奥《おく》の目がキラキラ光っている。

いつもはお地蔵《じぞう》さんみたいなのに、ギターを持っていると澄《す》んだ瞳《ひとみ》に見えるから不思議だ。

「……あれ？　宮野《みやの》もギター、興味《きょうみ》あるの？」

藤井がわたしの手を見た。

無意識《むいしき》のうちに、藤井が弦《げん》の上においた指の形をまねしていた。

「えっ、う、ううん！　すごいなあと思っただけ」

藤井は軽くうなずくと、またギターを弾きはじめた。

心臓《しんぞう》が、ギターの音色に合わせて弾《はず》む。

顔がほてってくる。

……どうしちゃったんだろう、わたし。

帰宅《きたく》しておばあちゃんの部屋の入り口を見ると、一気にテンションが下がった。

自分の部屋にいって、さっそくコロンにぼやいた。

「はあ～。コロン、おばあちゃんと顔合わせるの、つらいなあ」

（あかりも大変だねえ）

「家の中だけなら……ピンクのカットソーに着替《きが》えてもいいかな？」

（いいんじゃない？　おばあちゃん、喜ぶかもよ？）

ベッドに投げっぱなしだったカットソーをそっと持ちあげた。

「はあ……やっぱだめだ～。なんで学校には着ていかなかったんだっていわれそう」

（そうかな……そうだよね）

ため息をつくと、〈すみれ園〉の送迎車《そうげいしゃ》の音がしたので、あわてておばあちゃんの部屋へ向かった。

おばあちゃんはムスッとした表情《ひょうじょう》のまま、「今日はつかれたから昼寝《ひるね》するわ」と、すぐにベッドに横になってしまった。

カットソーのこと、絶対《ぜったい》いわれると思ってかまえていたのに、なんだか拍子《ひょうし》抜《ぬ》けだ。

でも、やっぱり不機嫌《ふきげん》だったな……。


五時半になると、ママが帰ってきた。

「おばあちゃんに『ただいま』って声かけたけど、返事がなくて……お昼寝しているの？」

「うん。いっつも寝ているよね」

「すごくつかれやすくて、すぐ眠《ねむ》くなるのも後遺症《こういしょう》の一つなんだって。あまり夕方寝ると、夜、寝られなくなるっていってたのに……。あかり、ちょっと様子見てきてくれない？」

「えーっ」

ママはわたしの声が聞こえなかったみたいにバタバタとエプロンをしめ、鍋《なべ》に水を入れはじめた。

（おばあちゃん、これで少し機嫌を直してくれないかな……）

キッチンの戸棚《とだな》に入れておいた、〈えちごや〉のクリームパンを持って部屋にいこうとすると、車いすに乗ったおばあちゃんが急にリビングに入ってきた。

「わっ、びっくりした」

おばあちゃんはわたしの存在《そんざい》を無視《むし》するように口を一文字に結び、眉間《みけん》にしわを寄《よ》せてママを見ている。

背《せ》すじがぞくりとした。

おもらしをしたときの、鬼《おに》ババの表情《ひょうじょう》がよみがえった。

「おばあちゃん、どうしたの？」

わたしの質問《しつもん》には答えず、おばあちゃんはママに冷たくいった。

「あや子《こ》さん、わたしの一万円、知らんか？」

「えっ」

ママが包丁の手を止めた。

ママのこと、「あや子さん」って呼《よ》んでる。

「一万円って、何のことですか？」

「わたしが引き出しに入れていたお金を数えたら、一万円少なくなってたんよ」

「えっ？」

ママがあわてて手をふくと、おばあちゃんははきだすようにいった。

「わたしはな、とにかくお金で苦労したから、計算だけはきっちりしてます！　一万円、どこにやったん？」

「おばあちゃん……何、いってるの？」

わたしはおばあちゃんに近づいた。

「あかりは、二階にいってなさい」

ママがあせったようにいうと、おばあちゃんは聞いたこともない大きな声を出した。

「あかりがおったらいえんことでもあるんかっ⁉」

「お母さん、どうしたんですか。そんな大きな声出さなくても」

「あかりもよう覚えとき。いつも優《やさ》しいふりしてても、陰《かげ》で何してんのか、ちゃんとおばあちゃんはわかってんねん」

ママの顔色が変わり、声が荒《あら》くなる。

「何……いってるんですか？」

ママは、わかっている。

わたしにも、わかった。おばあちゃんが、何をいおうとしているのか。

でも……うそ……うそでしょ……。

「おばあちゃん……」

かすれた声しか出ない。

おばあちゃんの目も顔も、人形のように固まっている。

「わたし、そんなことしていませんよ！」

いつもおばあちゃんが何をいっても怒《おこ》ったりしなかったママが、声を荒《あら》げた。

「あや子《こ》さんはお嬢《じょう》さま育ちやのにね」

おばあちゃんは感情《かんじょう》のこもっていない声でいった。

こわい。

体がぞくぞくして、ふるえてくる。

ママが、そんなことするわけない。

そういいたいのに、体がふるえて涙《なみだ》だけがこみあげてくる。

どうしてどうしてどうしてどうして。

「おばあちゃん……」

つぶやくと、おばあちゃんの体をそっとゆさぶった。

そうしないと、おばあちゃんが本当に固まって、ろう人形になってしまうような気がした。

ママは何もいわずにキッチンへもどって背《せ》を向けた。

「ママがそんなことするわけないでしょ！」

ママの背中を見たら、もうさけばずにはいられなくなった。

「泣いてもむだや！　だれが他にこんなことすんねん」

おばあちゃんはママをにらんだまま、さいふを持った手をわなわなとふるわせた。

そしてフンッと鼻を鳴らすと自分の部屋へもどった。

「ママ……だいじょうぶ？」

ママは、「だいじょうぶ、だいじょうぶ」といって、ふりかえった。

目と鼻が赤くなっている。

「ママがそんなことするわけないのに……。おばあちゃん、ひどいよ！」

おばあちゃんに聞こえるくらい大声でいうと、ママはだまって首をふった。

エプロンの左側のひもが、小さい肩《かた》から落ちた。

ママと二人で会話もなく夕ごはんをすませ、お風呂《ふろ》に入るとパパが帰ってきた。

「いやーつかれたつかれた。午前の会議が長引いてお昼もロクに食べられなかったよ。早く帰ろうと思ったら後輩《こうはい》から相談受けちゃってさ……あー、おなかすいた」

パパはネクタイだけはずすと、ソファにどかっと座《すわ》った。

何も知らないでいいたいことだけいっちゃって。

ママは何もいわずに、おみそ汁《しる》をあたためはじめた。

なんで？　どうしてさっきのこといわないの？

パパがつかれているから、後からいうつもりなの？

ママだって、大変だったじゃん！

だったら……わたしがいってやる。

「パパ、さっき、おばあちゃん、一万円がなくなったからって、ママに、『どこにやったん？』っていってきたんだよ」

「ええっ」

「あかり、その話は後でいいから」

ママが話をさえぎろうとする。

「どうして？　大事なことじゃん！」

ああ、もうムカつく。

「パパにだって知っておいてもらったほうがいいよ！」

わたしが強い口調でいうと、パパは大きなため息をついた。

「そ、そうか……そんなことが……」

「これも後遺症《こういしょう》のせいって思いたいけど……」

ママが落ちこんだ声でいった。

「後遺症の中に、幻想《げんそう》もあるっていうからな……。おばあちゃん……何かあったんだな、きっと。うん」

パパがママに調子を合わせるようにいった。

「何か……って？　イライラするようなこと？」

「いや……どっちかっていうと、さみしくなるようなことかな」

「……さみしくなる？」

「おばあちゃん、特にさみしくなったときに不安が広がって爆発《ばくはつ》したり、思いこみが激《はげ》しくなったりするみたいだって、病院の看護師《かんごし》さんから聞いたんだ」

さみしい気分のとき……？

一人でベッドの上に座《すわ》っているおばあちゃんの横顔が、頭をよぎる。胸《むね》がさっと冷えて、紺色《こんいろ》のT《ティー》シャツのすそを指先でつかんだ。

――「あのピンクのカットソ、着ていかへんの？」

「着ていかへんの？」

今朝のおばあちゃんの声が頭の中でこだまする。

――「なんで、おばあちゃんが一生懸命《いっしょうけんめい》縫《ぬ》ったのに、カットソー着ていかへんの？」

「なんで、紺色のTシャツ着てんの？」

のどの奥《おく》から何かがこみあげてきた。

「ゲホッゲホッ」

「あかり、だいじょうぶ？」

ママがパッとキッチンへ向かってコップにお茶を入れてくれた。

「ゲホッ……だ、だいじょうぶ……」

のどと鼻の奥《おく》がジーンとして、涙《なみだ》が出てきた。

わたしのせい？　わたしがピンクのカットソーを着なかったから、あんなこと……？

うそでしょ……？

ママがわたしの顔をのぞきこむ。

お化粧《けしょう》がとれて、目の下がうっすら茶色くなっている。

目も鼻も、まだ赤い。

……パパとママには、いえない。

「悪かったな、ママ。気にするなよ」

パパがへラッと笑ったのが、カチンときた。

そんな簡単《かんたん》にいえるなんて、あのすごい形相のおばあちゃんを見てないからだ。

「パパからおばあちゃんに、ちゃんといってあげてよ」

「あ、ああ。う、うん。でも、いっても変わらないかもしれないしなあ……。後遺症《こういしょう》なんだし……」

パパがママの顔色をうかがうようにしながら答える。

ママはふぅ、とため息をついて目を閉《と》じた。

どうしてもっとパパにいわないわけ？

「後遺症《こういしょう》、後遺症、って、それならなんでもいっていいの？　ママ、泣いてたんだよ……！」

いつもなら、こんなに強くパパにはいえない。

でも、あんなことをいわれたママを見ていたら、だまっていられなかった。

「ああ……わかったよ。今日は仕事でつかれているから、また土日に、ちゃんと話すよ」

パパは逃《に》げるように自分の部屋へいった。

パパ……ずるい！

なんでもママに押《お》しつけて……。自分のお母さんなのに！

おばあちゃんは、けっきょく夕ごはんはいらないといって、部屋から出てこなかった。

わたしは自分の部屋にいくと、コロンにぼやいた。

「コロン……わたし、おばあちゃんは良くなるって思ってたんだけどな……」

きっと前みたいに元気になるって。

でも、もう治らないの？　リハビリもしないの？

心も、体も、ずっとあのままなの？

これからも、ママに、あんなことをいうことがあったら。

……わたしは、おばあちゃんをゆるせないかもしれない。


翌日《よくじつ》、学校にいくと美奈《みな》がかけよってきた。

「ねえねえ、きのうテレビでやってたジュピターの新曲、聞いた？」

し、しまった！

きのうもそれどころじゃなかったんだけどな……。

わたしは小さく首をふり、両手を目の前で合わせた。

「ごめん！」

「……ねえ、あかり、本当はそんなにジュピター好きじゃないんじゃないの？」

美奈がすねた口調でいった。

「あかり、なーんか最近、暗くないですか～？」

まっきーがおどけた感じで聞いてくる。

……暗いって、何がわかるの？

おばあちゃんの話なんかしたって、盛《も》りさがるってわかったから、いわないでいるのに。

まっきーの問いかけには肩《かた》をすくめて首をふり、わたしはわざとはしゃいだ声を出した。

「新曲って、どんな感じだったのー？」

「それがね、超《ちょう》かっこいいロックだったんだよ！」

「そっか～！　次は絶対《ぜったい》聞くね」

美奈《みな》の笑顔を見ていると、胃のあたりがシクッとした。

本当にいいたいこと、聞いてほしいことは全然違《ちが》うのに。


家に帰って、美奈が貸《か》してきたアイドル雑誌《ざっし》をめくると、ギターを持つルイくんが目に飛びこんできた。

なぜか藤井《ふじい》のギターの音が聞きたくなって、自然に〈えちごや〉に足が向いた。

「今日はクリームパン、ないんだよ。ごめんなあ」

藤井のおじいちゃんは頭をかいてからにやっとした。

「あ、もしかして奏太《そうた》のほうに用事だった？」

他の商品を見るふりをしてごまかすと、おじいちゃんが、「おーい、奏太ー」と、二階に向かって呼《よ》びかけた。

藤井《ふじい》のギターを聞いていると、きのうのおばあちゃんのことが忘《わす》れられた。学校でも、ずっとおばあちゃんの声や表情《ひょうじょう》が頭をぐるぐる回っていたのに。

演奏《えんそう》する手をじっと見つめていると、藤井がふっと笑ってわたしの手元を指さした。

あれっ、また指が勝手に動いていたみたい。

「やっぱ、宮野《みやの》も弾《ひ》いてみない？」

「えっ、無理むりっ」

あわてて首をふったけど、藤井は立ちあがった。

「じいちゃんのギターがいっぱいあるから、貸《か》してあげるよ。聞いているだけより、弾けたほうが楽しいかもよ」

「ほ、ほんとに……？」

心臓《しんぞう》が鳴って、飛び出てきそうだった。

わたしが、ギター？

顔がほてって、両手で押《お》さえた。熱くなっているのが、手のひらから伝わってくる。

「どれがいいかなあ」

藤井《ふじい》はブツブツつぶやきながら奥《おく》の部屋へ消えると、白くてかわいいギターを持ってきた。

「このギターで、やってみる？」

「あ、ありがとう」

体中から汗《あせ》がふきだす。

本当に、わたしが弾《ひ》くの？

いすに座《すわ》り、太いストラップを首に回してギターを持ってみる。

首が下にグッとひっぱられるような感じがする。

これが、ギターの重みなんだ……！

藤井が赤くてキラキラ光るピックを貸《か》してくれた。

ドキドキしながら左の中指で上から二番めの弦《げん》を押《お》さえて、ピックではじいてみる。

――ビイイイン……。

音が、響《ひび》いた。部屋の中だけじゃなくて、指先と、ギターを抱《かか》えたおなかに。

そして、体全体に音がふるえるように広がった。

ゾクゾクッとする。

まるで、ギターがわたしの体の一部になったみたいだ。

「すごい……！　音、出た……！」

心がふるえた。

『ビリーブ』だったら、C《シー》コードから弾《ひ》いてみようか」

藤井《ふじい》が鼻をこすった。

「Cコード？」

「ギターの和音みたいなもんだよ。薬指はここ、中指を四弦《げん》において……」

藤井の押《お》さえている指と弦をよーく見て、まねしてみる。

「で、人差し指は、二弦……」

「一、二弦っていうのは下から数えて何番目の弦かってこと？」

「そうそう。もっと指を立てて強く押さえると、いい音が出るよ」

「こうかな？」

おそるおそる、強く弦を押さえる。

「これくらい」

藤井がわたしの薬指を、上から少し押さえた。

顔がかあっと熱くなる。

「けっこう、強く押《お》すんだね」

うわ〜やっぱり指がつりそう！

「じゃあ、鳴らしてみて」

藤井《ふじい》はそういうと、「シャーン」ときれいな音を出した。

わたしも思いきって弦《げん》を鳴らした。

――ジョワ……ン！

にごっているけど、藤井にちょっと近い音が出た！

手から全身に、全身から部屋全体に音がふるえて、響《ひび》いていく。

「うん、いいね。これがC《シー》コード」

「Cコード……」

しびれるような感覚がわたしの体をつきぬけていった。

なんだか、夢《ゆめ》みたい。

大げさだけど。

ギターが、弾けた。下手だけど、自分で音を鳴らせた。

すごく、すごく気もちいい‼　体の中が、おどりだすみたい。

すると、とつぜん藤井《ふじい》がギターを鳴らして『ビリーブ』を歌いだした。

『たとえば　君が～』

ええっ、いきなり裏声《うらごえ》⁉

藤井の高い声に、思わず笑ってしまった。

「わ、笑ったな」

「だって、声高いんだもん。なんでいきなり裏声なの？」

「うるさいな、もう」

「でも、じょうず……か、なあ？」

「そんなこというなら、宮野《みやの》も歌ってよ」

「えっ、ムリだよー」

「師匠《ししょう》に歌わせておいて、態度《たいど》の悪い弟子だなあ」

藤井はブツブツいいながら、左指の位置を変えて歌った。

『傷《きず》ついて～』

――シャーン……。

さっきと少しちがう、歌詞《かし》に合ったきれいな音が出た。

少しせつなくなるようなメロディー。

『くじけそうに　なった時は』

わたしもつぶやいて、藤井《ふじい》の指の位置をまねする。

――ビョワアアン……。

「あ、あれっ？　間違《まちが》えた！」

思ったような音が出ないと、体がゾワッとする。

風に乗っていたのに、急につき落とされたような感覚。

「んー、ここはF《エフ》コードっていって人差し指で六つの弦《げん》、すべてを押《お》さえるから難《むずか》しいんだよ。おれもなかなかできなかったもん」

藤井が優《やさ》しくつぶやく。

「もいっぺん、やってみよ。『たとえば　君が～』」

『たとえば　君が～』

――ショアアーン！

ちょっとあやしいけど、正しい音に近づいてきた気がする。

「これでいいのかな？」

「うん、その調子！」

藤井《ふじい》が八重歯を見せて笑った。

「よーしっ」

「じゃあ、次は『たとえば　君が　傷《きず》ついて～』ってつづけてやってみよう」

「はいっ」

藤井が見本を弾《ひ》いてくれる。

白い指が弦《げん》を押《お》さえていると、さらに長く、きれいに見える。

トクトクトク……。

心臓《しんぞう》の音をごまかすように、わたしも弦を押さえて、思いきりピックではじく。

今度はさっきより、もっといい音が出た。

藤井の音と重なって、まっすぐにのびていくのを感じた。

藤井は、そのまま『ビリーブ』を弾きつづけた。

〽かならず　僕《ぼく》が　そばにいて

ささえてあげるよ　その肩《かた》を

藤井《ふじい》のボーイソプラノが、ギターの音と重なる。

足が地面からういて、軽やかな羽が、わたしの体をすっと空へと向かわせる。空気と溶《と》けあったような不思議な気分だ。

ふっと気がつくと、夕方の五時になっていた。

「いけない。もう帰らなきゃ」

ギターを肩からおろすと、軽くなったけど体に風がふきぬけるようなさみしさを感じた。

今日は、留守番《るすばん》の日じゃないから、本当はもっといたい。

ずっと、ずっと、この時間がつづけばいいのに。

「藤井……ありがとう」

気もちをふっきるようにいうと、壁《かべ》にかざられた写真が目に入った。

おじいちゃんと、車いすに乗ってほほえんでいるおばあちゃんと、少しだけ幼《おさな》い坊主頭《ぼうずあたま》の藤井がぶすっとした顔で写っている。

わたしが見つめていると、藤井《ふじい》ものぞきこんできた。

「かわいいおばあちゃんだね」

「そう？」

「うらやましいな……」

藤井のおばあちゃんは、すごく優《やさ》しそうだし、あったかい雰囲気《ふんいき》が感じられる。

うちのおばあちゃんとは、全然違《ちが》う。

藤井はわたしに、「うらやましい？」というと表情《ひょうじょう》をかたくした。

「ばあちゃんは、くも膜下出血《まっかしゅっけつ》、っていう病気でたおれたんだ。ごはんのときはボロボロこぼすし、よだれたらしてるし、おれ、反対のほう向いて食べてた」

うそ……。

「おれ、前の学校の友だちとはなれたくなかったし、ばあちゃんさえいなければ引《ひ》っ越《こ》さなくてすんだのに、って何回も思った」

「藤井……？」

「なんでいっしょに住まないといけないんだ、って何回も思った」

藤井はふいっといすにもどると、ギターをシャラララン……と静かに鳴らした。

「でも……じいちゃんがギター教えてくれて……救われたんだ」

藤井《ふじい》が？

いつもおだやかで、わたしとは違《ちが》うって思っていたのに……。

「おれ、ばあちゃんの話なんて全然聞いてなかったのに、ばあちゃんはおれのギターを聞いていつもニコニコしてた。なのに、おれはばあちゃんがヒマだから相手してやってる、って思ってたんだ。でも、ばあちゃんがいなくなったら……なんか弾《ひ》く気が失せちゃって」

藤井は手を止めると顔を上げた。

「ばあちゃんがうれしいと、おれもうれしかったって気がついたのはずっと後で……。だから、じいちゃんがギターを演奏《えんそう》する時間を作ってくれてるわけ」

わたしはだまってうなずくことしかできなかった。

「おれは宮野《みやの》がうらやましい……かも」

「えっ……うらやましい？」

「おれは、ばあちゃんに、もう会えないし」

藤井……。

おばあちゃんと暮《く》らしていること。

美奈《みな》たちみたいに大変、無理、っていわれることもあれば、うらやましい、っていってもらえることもあるんだ……。

〈えちごや〉を出ると、オレンジ色の日差しがやわらかくなっていて、涼《すず》しい風を感じた。

『ビリーブ』が、体中にリフレインする。

少し歩いて、ふりかえる。

藤井《ふじい》……意外だったな。

でも、本音を話してもらえたのって……うれしい、かもしれない。

ううん。

表面だけ合わせているより、ずっといい。

ずっとずっと、いい。

5 プレゼント

家に帰ると、煮物《にもの》のにおいがした。

「ただいま。手伝おうか」

「おかえり。もう、大体できちゃったから、だいじょうぶだよ」

コンロをのぞくと、大小二つの鍋《なべ》から湯気が上がっている。

「あれ？　中身同じ……じゃ、ないか」

同じ煮物だけど、小さい鍋に入っている野菜は、四分の一くらいの大きさに切ってある。

ママは白い液体《えきたい》を小さい鍋に入れた。

「こっちは、おばあちゃん用。ちょっと薄味《うすあじ》にしてあるの。この白いのが片栗粉《かたくりこ》で、とろみをつけるのよ」

「なんでとろみをつけるの？」

「おばあちゃんは、そのほうが食べやすいんだって。顔も口も左側は麻痺《まひ》が残っているから、こぼしやすいし……」

ママは額《ひたい》の汗《あせ》を手の甲《こう》で押《お》さえた。

ママ、あんなこといわれたのに、まだおばあちゃんのこと考えてあげてるわけ？

どれだけお人よしなの？

夕食の時間になり、席についたおばあちゃんは、きのうのことなんて何もなかったみたいにケロッとしている。

……信じられない。

おばあちゃんは、すぐに野菜の煮物《にもの》を口に入れた。

そして麻痺している口の端《はし》からこぼれないように、テーブルの上のハンカチをサッと左側のくちびるに当てると、ゆっくりと飲みこんだ。

「ママ……この煮物、おいしいね」

「えっ、あっ、そうですか？」

ママが警戒《けいかい》するようにおばあちゃんを見た。

「わたしが作っとったのと、味が、似《に》とる」

「慎一郎《しんいちろう》さんに好みを聞きながら作っていたら、この味に落ち着いたんですよ」

「ちょっと、薄《うす》いけどな」

それはママがおばあちゃんのこと考えて……といおうとしたら、おばあちゃんがママの顔をじーっと見つめた。

「どうしました？　お水、いりますか？」

ママがあわてて立ちあがろうとすると、おばあちゃんは頭を下げた。

「あや子《こ》さん、いつもありがとね。わたしのだけ、味薄くしたり、小さく切ったり、とろみつけたり、大変やろ」

「あ、いえいえ……」

ママは首をふるだけで言葉がつづかない。

「おかげで、口からこぼさんし、むせたりもせんし、ありがたい。一人のときは、仕事でつかれて、ようコンビニ弁当《べんとう》、食べとったけど、ママは仕事もしてるのに、ちゃんとやってくれて、えらいなあ」

おばあちゃんは、ちょっと頬《ほお》を赤らめながら、最後のほうはわたしを見ていった。

わたしはとまどいながらうなずいた。

ひえぇ。おばあちゃん、きのうとは別人みたい。

ママにお礼をいうのなんて、初めて聞いた。

夕食を食べおわっておばあちゃんが部屋へもどると、ママと顔を見合わせた。

「……おばあちゃん、ありがとうっていってたね」

ひそひそ声でいうと、ママもこそっと返してきた。

「逆《ぎゃく》にコワイよね」

「えっ、ママ、そんなこというんだ」

「いわなきゃ、あのおばあちゃんとは暮《く》らしていけないよ」

ママは苦笑すると、おばあちゃんがテーブルにこぼした煮物《にもの》の汁《しる》をふいた。

「まあ、ちょっと冷静になったら、きのうのこと、悪いと思ったのかもしれないね」

「だったら、素直《すなお》にあやまればいいのに」

「そうはいかないのが、おばあちゃんよ」

「はあ。ま、そっか」

「全然反省なんてしてなくて、ただ本当に煮物がおいしかっただけかもしれないしね」

「それはひどすぎる」

「あの煮物《にもの》、おばあちゃんの大好物ってパパがいってたから……あっ、おばあちゃん、薬飲むの、忘《わす》れている！」

ママは「お母さーん」といいながらパタパタとおばあちゃんの部屋に向かった。

声が、少し明るくなったように聞こえた。

本当におばあちゃんの気まぐれには困《こま》っちゃうよ。

でも、どんな理由でもママをねぎらってくれたのは、うれしい。

テレビをつけると、もうすぐ敬老《けいろう》の日という特集でお買い物をしているおばあちゃんたちにインタビューをしていた。

（敬老の日ねえ……）

なーんにも、考えてなかった。

本当は、あのピンクのカットソーを着れば、喜ぶのかもしれないけど……。

八十三歳《さい》だというおばあちゃんは、お化粧品《けしょうひん》を見せながら、「いくつになってもキレイにしているとね、元気が出るんです。まあ、もともとべっぴんだけどね」と、周りにいるおばあちゃんたちを笑わせながらインタビューに答えていた。

キレイにしていると……か。

おばあちゃんも、病気の前はオシャレだったのになあ。

今はいつも同じ、パパが着ているようなダボッとした大きめのT《ティー》シャツを着ている。デイサービスにいくときは、髪《かみ》の毛をとかしているけど、家ではボサボサのまま。

テレビに出ていたおばあちゃんより若《わか》いのに、元気なく見える。

アルバムの中では、あんなにきれいだったのに……。

……そうだ！　化粧品《けしょうひん》をプレゼントしたら、喜ぶかな？

でも、何を買ったらいいんだろう。ママに聞いてみようかな。

すると美奈《みな》の顔が頭にうかんできた。美奈なら、お姉ちゃんがいて化粧品とかにくわしそうだし、センスもいい。

でも……美奈に頼《たの》めるかな、わたし……。


翌日《よくじつ》、学校へいくとやっぱり気が重くなった。

ママへのプレゼントだって、普通《ふつう》なら友だちに相談したりしない。なのに、おばあちゃんだよ？

美奈だったらなおさらドン引きしそう。

……やっぱ、ママに相談しようかな。

机《つくえ》に向かってうつむいていると、横にだれかの気配がした。

見上げると、藤井《ふじい》がつっ立っていた。

「わっ、びっくりしたっ」

「ご、ごめん。あの、これ」

藤井が紙を手渡《てわた》してきた。

「これ、何?」

「ギターの、コード表。これを見たほうが覚えやすいと思って」

藤井はボソッというと、自分の席にもどっていった。

顔が熱くなる。

もう、次に〈えちごや〉へいったときでいいのに……!

思わず教室の中を見回す。

……良かった、だれもこっちを見ていない。

席にもどった藤井を見ると、うしろの髪《かみ》がピョンとはねていて思わず笑ってしまった。

……わたし、いったい何を気にしているんだろ。

藤井《ふじい》は、周りなんて気にしないで話しかけてくれたのに。

よしっ、わたしも。

美奈《みな》が教室に入ってくると、手をふって近くにいった。

「美奈おはよ……あのさ、土曜日、〈パル〉につきあってくれないかな？」

「えっ、いいけど……。めずらしーじゃん。あかりから誘《さそ》ってくるなんて」

「うん、ちょっとほしいものがあって」

「なになに？　ほしいものって」

「け、化粧品《けしょうひん》……なんだけど……」

「けしょうひん!?　あかりが？」

「ち、ちがうの。わたしのじゃないの」

あわてていうと、美奈は首をかしげた。

「だ、だよね。ママにプレゼント、とか？」

「ううん。えっと……おばあちゃんに……敬老《けいろう》の日のプレゼント」

「えっ、おばあちゃん？」

「うちのおばあちゃんさ、気分が上がったり、下がったりが激《はげ》しくて……特に下がると大変なんだ」

「それも……病気のせいなの？」

美奈《みな》がめずらしくまじめな顔で聞いてきた。

わたしはスカートのすそをぎゅっと握《にぎ》った。

今日なら、ちゃんと話せるかも。

「……病気の後に残る、後遺症《こういしょう》っていう症状《しょうじょう》のせいみたい。薬を飲んで落ち着くこともあるんだけど、テレビに出ていたおばあちゃんがメイクをしたら元気が出るっていってたから……」

美奈が「メイク」に反応《はんのう》してうなずく。

「だから、メイクしたら、うちのおばあちゃんも気分が上がるかなと思って……」

美奈はしばらく何かを考えこむようにわたしの目をだまって見つめた。

……やっぱり、おばあちゃんのことなんて、いうんじゃなかったかな……。

ドキドキしていると、美奈はにこっと笑った。

「オッケー。じゃ、何時にする？」

そういえば、りぃちゃんやまっきーと同じクラスになる前は、よくこうやって二人だけで約束して公園にいったりしてたっけ。

ホッとするのと同時に、ちょっとなつかしい気がした。


土曜日の十時、〈パル〉の入り口に集合した。

美奈《みな》は、まだ暑いのにかっこいいカーキのブルゾンを着て現《あらわ》れた。

化粧品《けしょうひん》や雑貨《ざっか》をおいているお店の中にずんずん入っていくと、美奈は化粧水《けしょうすい》の入ったびんを手に取った。

「あかり、この化粧品は無添加《むてんか》でいいって、お姉ちゃんがいってたよ」

「むてんか、って何が違《ちが》うの？」

「うーん、よくわかんないけど自然の成分でできてるから肌《はだ》に優《やさ》しいんだって」

「おばあちゃん、ずっとお化粧《けしょう》してないから、そのほうがいいかもね」

美奈が棚《たな》から出した透明《とうめい》な化粧水のびんをくるくると回してみる。

見ただけじゃ、他の化粧品と何が違うのかさっぱりわからない。

でも、シンプルなパッケージに野の花が小さくプリントされていて、なんとなく体に良さそうな感じがした。

「あと、乳液《にゅうえき》とファンデーションとリップかな？　チークはいる？　いらない？」

「え、えっと」

棚《たな》に貼《は》られた値段《ねだん》のシールを見た。

化粧水《けしょうすい》　二八〇〇円。

「うっ、高い……」

「やっぱ他のブランドのにする？」

美奈《みな》はお店の奥《おく》へ進もうとした。

「ま、待って」

せっかくおばあちゃんに化粧品《けしょうひん》をプレゼントしても、肌《はだ》が荒《あ》れたりしたら大変だ。やっぱり、これをプレゼントしたい。

わたしは値段とにらめっこしながら、棚の端《はし》から端まで目を光らせた。

「あ、これいいかも！」

わたしが声をあげると、美奈が「どれー？」といってもどってきた。

「トライアルセット。化粧水、乳液、ミニファンデーション、ミニリップで一二〇〇円」

「いいじゃーん」

美奈《みな》がわたしの肩《かた》をポンポンたたいた。

「じゃあ、あとチークだけ買い足せばいいね」

ピンク色のチークを選んでホッとすると、さっきよりお店の中が明るく見えた。

奥《おく》のレジに向かう途中《とちゅう》にある、ネイルコーナーが目に飛びこんでくる。

ピンク、水色、銀色、金色……。

お店の照明に反射《はんしゃ》してキラキラ光り、見ているだけでワクワクしてくる。

「美奈、ネイルも買ってみようかな」

「えっ、おばあちゃんにネイル？」

「おばあちゃん、昔はデパートで洋服を売る仕事をしていてね、写真見たらモデルみたいにきれいでオシャレだったんだよ」

美奈がへえ、という顔をした。

「じゃあおばあちゃんが気にいってくれそうなの、えらぼうよ」

「うんっ」

不思議だ。学校ではいいづらかったのに、今日は自然におばあちゃんのことが話せる。

美奈とわたしは自分のつめの上にネイルのびんをのせつづけた。

深い赤のネイルを手にとったとき、おばあちゃんが若《わか》いときのワンピース姿《すがた》を思いだした。

「おばあちゃんハデ好きだし、これに決めた！」

わたしがネイルを見せると、美奈《みな》がにやっと笑ってうなずいた。

「プレゼントなので、包んでください」

お店のお姉さんがきれいにラッピングしてくれた袋《ふくろ》を持って、お店の外に出た。

「美奈、ありがとう」

「わたしも楽しかったよー。帰ったらお姉ちゃんの化粧品《けしょうひん》、借りちゃおうかなー」

美奈はふふふっと笑った。

……思いきってお願いして良かった。

袋の中をもう一度のぞく。

宝物《たからもの》を抱《かか》えているような気もちになった。

帰宅《きたく》するとすぐにおばあちゃんの部屋へ向かい、袋を渡《わた》した。

「わあ、これ、どしたん？」

「開けてみて」

おばあちゃんは「なんやろ」といいながら、ピンクのリボンをほどいた。

あれっ……。

おばあちゃんの左指がすっと動くのを見て、前よりも良くなってきているのがわかった。

「うわあ……」

おばあちゃんは高い声を出して、目を見開いた。

小さい化粧水《けしょうすい》と乳液《にゅうえき》のびん、ファンデーション、チーク、リップを順番に机《つくえ》の上におくと、最後に、「わあ、この色、すごいなあ」といって、ネイルのびんを立てた。

「お化粧《けしょう》したら楽しいかなあと思って。もうすぐ敬老《けいろう》の日だし」

「おばあちゃんのために、買《こ》うてきてくれたん?」

わたしはにっこりとうなずいた。

おばあちゃんは、びんを持ちあげた。

「これ、マニキュアか?」

「うん。わたしたちはネイル、っていってる」

「知っとる」

「この色、おばあちゃんに似合《にあ》いそうだと思って」

「いやあ、ハデやなあ」

「おばあちゃんは、ハデなのが似合うでしょ」

「まいったなあ」

おばあちゃんはそういいながらも、まんざらでもなさそうに何回もネイルの黒いふたの部分をつまんで、くるくると指で回した。

「ね、わたしが手伝うからお化粧《けしょう》してみない？」

「そうやなあ。せっかく買《こ》うてきてくれたんやし」

「やった！」

わたしは化粧品《けしょうひん》についていたビニールをていねいに取った。

その間におばあちゃんは、化粧水《けしょうすい》のふたを開けた。

「自分でやってみるわ」

おばあちゃんは口をキュッと結ぶと左手をふるわせながら、化粧水の小さなびんを持ち、右の手のひらに押《お》しつけるように化粧水を出した。

「出たで」

そして、化粧水《けしょうすい》をパタパタと顔にぬった。

「わあ、化粧水なんて久《ひさ》しぶりやわ」

おばあちゃんはもう一度左手を化粧水のびんにのばした。

「この化粧水、へんなにおいがせんし、さっぱりしとってええね」

「ほんと？　無添加《むてんか》なんだって」

「無添加なんて、すごいなあ。ママに教えてもらったんか？」

「ううん。美奈《みな》っていう友だちに教えてもらったんだ」

「センスええなあ」

おばあちゃんは目を細めて、もう一度パタパタした。

そのあと乳液《にゅうえき》もぬると、かさかさした感じだったおばあちゃんの顔がつやっと光りだした。

「次がファンデーションだよね」

「そうや。これはあかりにやってもらおうかな」

わたしはドキドキしながらファンデーションのふたをパチッと開けた。

一番白い色を選んだのに、おばあちゃんの頬《ほお》は透《す》き通るように白い。

「おばあちゃん、色白いなあ」

「せやろ。おじいちゃんにもようほめられたわ」

いばるおばあちゃんの顔に、パフにとったファンデーションをぬる。

「あかり、初めてなのに上手やねえ」

次は、チークだ。

最初はあまり色がつかなかったから、力を入れてピンク色の粉を取ってぬったら、おばあちゃんの頬《ほお》がすごいことになった。

「あははっ、お、おばあちゃん、ごめん……」

わたしは笑いをこらえて、ティッシュを取った。おばあちゃんは鏡をのぞきこんだ。

「ハハハ。おてもやん、やんか」

「何それ？」

「昔はそういうたんや」

おばあちゃんは右手の親指以外の指をそろえると、ささっとチークをのばした。あっという間に、ちょうどいい感じになった。

「わ、おばあちゃん上手だね」

「昔は毎日しとったからね」

おばあちゃんはリップもぬってまた鏡をのぞくと、「お化粧《けしょう》なんて久《ひさ》しぶりで、へんな感じや」といいながら、目を細めた。

おばあちゃんの顔がすごく明るく、元気になったように見えた。

「じゃあ、次はネイルだね！」

「ハハハ。こんなおばあちゃんがネイルなんて笑わすなあ」

「そんなことないよ。テレビに出てた巣鴨《すがも》の八十三歳《さい》のおばあちゃんもネイルしててきれいだったよ」

「いっしょにせんといてや」

へんなプライドを見せると、おばあちゃんはネイルのびんをじっと見つめた。

「ビターレッドだよ、おばあちゃん」

「大人の赤、やな」

おばあちゃんはコロコロ笑ったかと思うと、急に声を小さくして、

「左手はふるえとるから……」

と、手元を見た。

「やってみようよ」

おばあちゃんの左手をとる。白くて、ヒンヤリしていて、固い。

「おばあちゃんの手、冷たいやろ。よう動かんからなあ」

こわばっているのに、ふるえている。

わたしはネイルをおくと、おばあちゃんの左手を両手で包むようにマッサージした。

おばあちゃんはびっくりしたようにわたしの顔を見た。

「あかりの手、あったかいなあ」

わたしの手の熱さが、おばあちゃんに伝わるように、何度もさすった。

額《ひたい》に汗《あせ》がじわりとにじんでくると、おばあちゃんがつぶやいた。

「あかり、クーラーつけようか」

「いいよ。おばあちゃん、冷えるのいやなんでしょ」

「あかりは、汗かいとるで」

おばあちゃんはサイドテーブルの上にあるリモコンをピッと押《お》して、頭を下げた。

「じゃあ、ネイルお願いします」

わたしはうなずくと、黒いふたを回した。赤いツヤツヤしたネイルが、小さいブラシにからめとられる。

「ふたの端《はし》っこにな、少し、ブラシをくっつけて、液《えき》の量を少なくしてから、ぬるのがコツやで」

おばあちゃんの言葉にうなずきながら、ポタッとびんの中に落ちるほどブラシについたネイルの量を調整する。

おばあちゃんの人差し指にブラシをおいてゆっくり下にひくと、赤いネイルのラインができた。

「うわっ、よれよれ」

「もっとスッスぬってても、だいじょうぶやで」

手にじっとり汗《あせ》がにじんでくる。

よし、今度はもうちょっと速く……。

スーッとブラシを動かすと、今度はきれいにぬれた。

「ええねえ。あかり、上手やわあ。才能《さいのう》あるでえ」

おばあちゃんはイヤミもうまいけど、ほめるのもうまい。ピンクのカットソーを見せたときも思ったけど、なんだかその気にさせられてしまう。

マネキンみたいだったおばあちゃんの白い左手の指の先に、赤がちりばめられた。

「わあ、きれいだよ」

天井《てんじょう》の電気が反射《はんしゃ》して、キラリキラリと指先の赤が光る。

「あかり、おおきに」

おばあちゃんは手を広げ、何回も光を反射させた。

ぬっているときは夢中《むちゅう》だったけど、よく見るとはみだしたりヨレたりしているところがいっぱいある。でも、おばあちゃんは、「すごいなあ。すごいなあ」と、上ずった声で何度もいった。

わたしは、おばあちゃんがリボンを縫《ぬ》ってくれたカットソー、着なかったのに。

胸《むね》がチクチクと痛《いた》みだす。

クーラーの風がふいて、汗《あせ》ばんでいた体がすっと冷やされた。

「たまには、クーラーも、まあ、ええね」

おばあちゃんはネイルを乾《かわ》かすように、クーラーの風に向けて右手を広げた。おばあちゃんの指先は、昔にもどったようにきれいになった。

6　ひみつのショッピング

「わたし、今度、介護《かいご》サービスの人に頼《たの》んで、ショッピングモールにいきたいんやけどね」

日曜の夕食のあと、おばあちゃんがとつぜんいった。

「えっ、ショッピングモールだったらわたしが連れていきますよ」

ママがびっくりしていうと、パパもうなずいた。

おばあちゃんは首をふった。

「ママも仕事があって忙《いそが》しいのに、つきあわされへん」

「わたしの仕事、月、木はお休みだし、平日のほうがすいていて回りやすいかもしれませんよ」

ママがおだやかにいうと、おばあちゃんは声を大きくした。

「いや、だから、お世話して、もらってばかりだから、迷惑《めいわく》かけたく、ないねん！」

おばあちゃんは一歩もひかない。

「だったらおれが土日に連れていくから」

パパがあせったように提案《ていあん》した。

「慎一郎《しんいちろう》、仕事で毎晩《まいばん》帰りが遅《おそ》いやろ。休日出勤《しゅっきん》のときもあるやん。せめて休みのときくらい、ゆっくりしぃ」

「そんなこといっても……家族がいるのに他の人につきそいを頼《たの》むなんて、おかしいだろ」

パパがあきれたようにいった。

「あんたたちより、プロのほうが、気ぃつかわんですむんや」

おばあちゃんはムスッとして、車いすを動かした。

「もう、ええわ。買い物ひとつ、自分の好きにできん！」

顔を見合わせているパパとママのことはほっといて、おばあちゃんは自分の部屋へ向かった。

わたしはおばあちゃんを追いかけて部屋に入ると、ふすまをそっと閉《し》めた。

「おばあちゃん、急にどうしたの」

「もう、ええねん！」

おばあちゃんが車いすからベッドに移動《いどう》しようと立ちあがったので、体を支《ささ》えた。おばあちゃんはベッドに腰《こし》をおろすと、ボソボソといった。

「……あかりの誕生日《たんじょうび》が近いから、プレゼントを買ってびっくりさせようと思ったんよ」

「えっ、そうだったんだ……！」

近い、っていってもまだ半月あるけど……おばあちゃん、覚えてくれてたんだ……。

「それにおばあちゃんも、デイサービスだけじゃなくて、久《ひさ》しぶりに買い物とか、してみたくなったんよ」

買い物がしてみたくなったなんて……ちょっと前向きになってきたのかな？

「あかりが、お化粧品《けしょうひん》、買《こ》うてくれたからかな。昔の気もちを、思いだしたんよ」

おばあちゃんがほほえんで、サイドテーブルの上においてあったネイルのびんを持つ。

わたしは体がふわっとうくような気がした。

「じゃあ……わたしがいっしょにいくのはどう？」

「えっ、あかりが？」

「うん。火曜は先生たちの会議があるから早帰りだし。ママが帰ってくるまでに」

おばあちゃんが目を見開いた。

きっと、無理っていうんだろうな。

「ほんまに⁉　うれしいわあ」

予想に反して、おばあちゃんは顔をほころばせた。

「えっ、わたしで……だいじょうぶかな？」

まさかこんなにすんなり喜ぶとは思わなかったから、声が小さくなる。

「あかり、しっかり、しとるもん。きっとだいじょうぶや。おばあちゃんも、だいぶ車いすに慣《な》れてきたし。パパとママにいうと、絶対《ぜったい》反対されるから、ないしょでいこう」

「な……ないしょ？」

「そうや。デイサービスにいくと、ママが帰ってくるまで一時間くらいしかないから、おばあちゃん、デイサービスさぼって家で待ってるわ。あかりが帰ってきたら、すぐに出かけられて、いいやろ」

おばあちゃんにまくしたてられて、心臓《しんぞう》がドキドキしはじめる。

パパとママにないしょ？　いいのかな？

ショッピングモールにいくまで……ううん、いってからもだれかに見られるかもしれないし。

うわー、いうんじゃなかったかも……。

「はー楽しみやわあ。お化粧《けしょう》、していいかな」

わたしのゆううつとは裏腹《うらはら》に、おばあちゃんは遠足の前の子どもみたいにウキウキしはじめた。

火曜日。

ドキドキしながら家に帰ると、うっすらお化粧してヒョウ柄《がら》の服を着たおばあちゃんが、待ちかまえていた。

「さいふ、よし。ハンカチ、ティッシュ、よし。車いすのクッション、よし。ペットボトルのお茶、よし」

おばあちゃんはちょっと緊張《きんちょう》した顔つきで指さし確認《かくにん》すると、「あかり、介護《かいご》タクシー呼《よ》ぼうか？」と聞いてきた。

「だいじょうぶだよ。ショッピングモール近いし、わたしが押《お》していくから」

タクシーを呼ぶほどの距離《きょり》じゃないし、なにより目立ちたくない。

でも、そう考えたわたしがあまかったとわかるのに、時間はかからなかった。

スロープから出入りするのは怖《こわ》いから、わたしが外の階段《かいだん》の下に車いすを広げておいて、おばあちゃんには玄関《げんかん》から出てもらうことにした。

パパがやっていたみたいに、おばあちゃんのズボンのウエストのうしろの部分を右手で持ちあげるようにして、左手でおばあちゃんの左腕《ひだりうで》を支《ささ》える。

「よし、下りるで」

階段に向かって、おばあちゃんはふるえながらも進んでいく。

目標があると、がんばれるんだな。

おばあちゃんの体重がかかってよろけそうになりながら、必死に支えた。

ふーっ。たった三段《だん》の階段で、こんなにつかれるなんて……。

すでに背中《せなか》が汗《あせ》ばんでいる。

「あかり、車いすのブレーキ、忘《わす》れんといてな」

ブレーキをかけておばあちゃんを車いすに乗せると、すごくホッとした。

「じゃあ、出発するね」

グリップを握《にぎ》って車いすを押《お》すと、おばあちゃんの体重を感じた。

（うわっ、思ってたより、重い……！）

ショッピングモールまでがまっすぐな道でよかった。坂だったら上るのも下るのも大変だ。

そう自分にいい聞かせたけど、意外と道がゴツゴツしていて力を入れないと前に進まない。おばあちゃんの背中《せなか》がゆれる。

「スピード、だいじょうぶ？」

「ああ、ちょうどええ」

少しでも傾斜《けいしゃ》があるとすぐに車いすがひっぱられるように傾《かたむ》く。そのたびにおばあちゃんと車いすの重みを支《ささ》えないといけなくて、腰《こし》が痛《いた》くなってきた。

目と鼻の先だと思っていた十字路に、なかなかたどりつかない。

（外で車いすを押《お》すのって、こんなに大変だったんだ……。あまかったな）

今からでもひきかえして介護《かいご》タクシーを呼《よ》びたい。

そんな弱気をごまかすように、おばあちゃんに話しかけた。

「あそこの角を曲がると〈えちごや〉があるんだよ」

「へえ～。あ、あの、クリームパンの？」

「そうそう」

小さな畑を通り過《す》ぎると、トンボが飛んでいた。

「こんなところで畑をやってる人がいるんやね。立派《りっぱ》なネギや」

「うん。この前はでーっかいキュウリができてたよ。イチゴの季節は低学年の子がこっそり食べてる」

「へえ……」

おばあちゃんはキョロキョロと首を動かして、めずらしそうに風景を見ている。

そういえば、デイサービスにはいっているけど、車いすで近所に出たのは初めてなんだ。

わたしはずっと住んでいる町だけど、おばあちゃんは大阪《おおさか》から何回かきたことがあるだけで、まだ何も知らなかったんだ……。

「あそこがコンビニだよ」

「駅も〈すみれ園〉も反対方向やから、新鮮《しんせん》やわあ」

おばあちゃんは、はしゃいだ。

その声を聞いているとどこからか力がわいてきて、車いすを強く押《お》しつづけた。

大きな交差点を渡《わた》ると、ショッピングモールの入り口に着いた。

（ふう、ようやく到着《とうちゃく》。でも、本番はこれからなんだよね）

すでに腰《こし》も腕《うで》も痛《いた》い。車いすのグリップをぎゅっと握《にぎ》ると、手が汗《あせ》ばんでくる。

（同じ学校の子やママに見られませんように……！）

自動ドアの前で思わず立ち止まると、おばあちゃんが心配そうにふりかえった。

「あかり、どうしたん」

「ご、ごめん」

ゆっくりと車いすを押《お》すと、店内に入った。

「初めて二人できたなあ。すごいすごい！」

おばあちゃんの声がはずんでいる。

車いすが、少し軽くなったような気がした。

わたしたちは食品コーナーを通りすぎ、まっすぐ子どもの洋服のコーナーへ向かった。

わたしと車いすに乗っているおばあちゃんのシルエットが、ショーウインドーにかすかに映《うつ》った。

すごい。本当に、二人だけできたんだ……。

大阪《おおさか》に遊びにいったときは、よく二人きりで出かけたっけ……。

あのときは、おばあちゃんがわたしの手をひいてくれていたけれど、今日は、わたしがおばあちゃんを連れてきた。

もう、だれに見られてもいいや。

さっきまでとは違《ちが》うドキドキで胸《むね》が高鳴った。

「こっちのお店よりな、あっちのお店がセンスええと思うけど、あかりはどのお店が好きなん？」

おばあちゃんは二つのお店を見比《みくら》べると、こそっといった。

「わたしもあっちのお店が好き」

わたしは隣《となり》の店へ車いすを押《お》した。

お店の前で止まると、おばあちゃんはマネキンをじっと見つめた。

「あかり、これ、かわいいやん」

おばあちゃんはミントグリーンに白いハートの模様《もよう》が入ったセーターを指さした。

「えっ、それ？　わたしにはかわいすぎるよ」

「そんなことないって。絶対似合《ぜったいにあ》う」

おばあちゃんが身を乗りだすと、値札《ねふだ》を見た。

「お値段《ねだん》も手ざわりもええやん」

おばあちゃんがセーターをひっぱると、マネキンがぐらっと動いた。

「わっ。おばあちゃん、あぶないよ。店員さんにいって見せてもらおうよ」

はー、ヒヤッとした。

「店員さんに聞かんでも、おばあちゃんの目は確《たし》かやで！」

おばあちゃんが鼻をツンと上に向けたとたん、奥《おく》から店員さんがやってきた。

「何かお探《さが》しですか？」

「あっ、はい……」

あいまいな返事をすると、おばあちゃんが、

「ちょっと中も見てみようか」といったので、車いすを押《お》した。

力を入れたのに、急にガッ！　と車いすが止まり、おばあちゃんの背中《せなか》が大きく前に動いた。

「あれっあれっ⁉」

ドキドキして冷や汗《あせ》がふきだす。

「お、おばあちゃん、ごめん」

「どうしたんや？」

床《ゆか》をよく見ると、束ねられたコードが、白いプラスチックのカバーをかぶせられてはりついている。

「ごめんなさいね。ここ、ちょっとだけ盛《も》りあがっているから……。わたしが押しますね」

店員さんに代わってもらうと、すんなり前に進んだ。

「ありがとうございます……」

店員さんの顔が見られず、小さい声でいうとくやしさがこみあげてきた。

ほんのちょっとだ。

今までだったら気づきもしなかったほんのちょっとの高さの違《ちが》いがあるだけで、前に進めなくなる。おばあちゃんは、今まで何度もこんな気分になったのかもしれない。

だから今まであまり外に出たがらなかったのかな……。

「今日は秋のお洋服をお探《さが》しですか」と、店員さんはすかさずおばあちゃんに声をかけた。

「この子の誕生日《たんじょうび》プレゼントの服を探しにきたんですよ」

「まあ。プレゼントですか？　それでおばあちゃんと二人できたの？　えらいわねえ」

店員さんはわたしにチラッと笑顔を向けると、またすぐにおばあちゃんに話しかけた。

「先ほど見られていたマネキンのセーターは、こちらにお色違いもありますよ」

店員さん、ちゃんとわたしたちのこと見ていたんだ。

はずかしくなって、ただおばあちゃんの白髪《しらが》まじりのつむじを見つめるしかなかった。

「グレーに黒か……。あかりはやっぱりあの緑色のが似合《にあ》いそうやなあ」

おばあちゃんが少しだけ体を傾《かたむ》けて、わたしに聞いてきた。

「そ、そうだね」

おばあちゃんが店員さんに気取っていった。

「わたし、昔はアパレル店員でね。〈高階屋《たかしなや》〉や高級なブティックで働いていたこともあるんですよ」

「まあ、〈高階屋《たかしなや》〉さんで？」

わっ、そんなこと店員さんにいう!?

「ですから、もう一目見れば、似合《にあ》うかどうか、ええ品かどうかわかります。昔はねえ……」

おばあちゃんは早口で自慢話《じまんばなし》をつづけようとした。

わーっ、やめて！

全身がカッと熱くなる。

「おばあちゃん、あ、あのセーターにしようよ」

話をさえぎるように、わたしはマネキンを指さした。

「そ、そうやね。じゃあ、試着させてもらい。まあ、わたしが見たところ、ぴったりやと思うけどね。見ただけでね、サイズはわかるんですよ。そうじゃなきゃ、アパレル店員はね、つとまらないですよ」

おばあちゃんはまた鼻をツンと上に向けて、店員さんにまくしたてた。

「あっ、いいよいいよ。きっとだいじょうぶ」

ひゃあ～。試着どころじゃないよ。一刻《いっこく》も早くお店から出たい！

「じゃあ、プレゼント用に包んでくれます？」

おばあちゃんはちょっとすました感じでいった。

「かしこまりました」

はあ、良かった。

金色のお店のロゴが入った袋《ふくろ》にリボンがかけられた。

お店を出ると、おばあちゃんはひざの上に袋を抱《かか》えてゴキゲンな声を出した。

「これは、おばあちゃんが預《あず》かっといて、あかりの誕生日《たんじょうび》に、ちゃんと渡《わた》すからな。いやあ、買い物なんて何ヶ月ぶりやろ、楽しかったわあ」

ばあちゃんの背中《せなか》から、ほかほかの湯気がたっているみたいに、テンションが上がっているのがわかる。

もう、こっちの気も知らないで！

でも、うれしそうなのが伝わってくると、ついいってしまった。

「……おばあちゃんの服も見にいく？」

「おばあちゃんのは、ええって」

「でも、秋や冬の洋服、あんまり持ってきてないんじゃない？」

「そ、そうやなあ……」

「じゃあ、売り場は二階だから、エレベーターでいこうか」

「そうかあ……。だったらその前に、トイレいきたいわ」

多目的用のトイレに向かう途中《とちゅう》、「あかりー」と、遠くでだれかが手をふっているのが見えた。

あっ……美奈《みな》だ！

美奈のおばあちゃんといっしょだ。

「こんにちは！」

美奈は近づいてくると、明るくおばあちゃんにあいさつした。

「こんにちは。あかりの友だち？」

「香川《かがわ》美奈ちゃんだよ、おばあちゃん。ほら、いっしょに化粧品《けしょうひん》選んでくれたの」

「あっ、おばあちゃん、ネイル似合《にあ》ってる！」

美奈はおばあちゃんの指先を見ると、にこっと笑った。

「おおきに」

おばあちゃんも手をヒラヒラさせるとうれしそうにいった。

「いつも美奈《みな》がお世話になっております」

美奈のおばあちゃんもあいさつをしてきた。

スラリとしていて、パッチリした目が美奈と似《に》ている。いつ会ってもすごく若《わか》くて、おばあちゃんには見えない。

「こちらこそ、孫が、お世話、なって、ます」

おばあちゃんはさっきしゃべりすぎたのか、舌《した》がもつれた。

美奈のおばあちゃんは、車いすとおばあちゃんとわたしに視線《しせん》をチラチラとはしらせた。

「ごめん、美奈。おばあちゃん、ちょっとトイレにいく途中《とちゅう》で」

わたしがグリップに力を入れると、おばあちゃんがすました感じでいった。

「いえ、別にそんなこと、いうてないよ」

えーっ、いきたいっていってたじゃん！

「今日はね、あかりの誕生日《たんじょうび》プレゼントの洋服を買ってあげたんですよ」

おばあちゃんは少し姿勢《しせい》をのばして、髪《かみ》の毛を整えるとよそいきの声を出した。

「へえ、いいなあ、あかり。今度見せてね」

「うす緑のね、かわいい、セーター」

おばあちゃんがつばを飛ばしてしゃべる。

うわっ、やめて。もうしゃべらないで。

うす緑、じゃないよ。ミントグリーンだから。

美奈《みな》がわたしの顔をちらっと見ると、さっと手をふった。

「じゃ、また明日ね」

……きっと、気をつかってくれたんだ。

気になってふりかえると、美奈もふりかえっていて、ガッツポーズをしてくれた。隣《となり》で美奈のおばあちゃんが会釈《えしゃく》する。

わたしが笑顔でうなずくと、おばあちゃんがかん高い声を出した。

「あかり、やっぱり、トイレ！」

やっぱりいきたかったんじゃん！　見栄はっちゃって！

急いで車いすを押《お》してトイレへ向かった。

前で待っていたけれど、使用中になっている。しばらく待っていても、中に人がいる気配はするけれど、出てこない。

するとおばあちゃんがいきなりトントントンとドアをたたいた。

「もしもーし！　だれか入ってます～⁉」

大きな声を出すから、また顔から火が出そうになった。

返事はない。

「おばあちゃん、別のトイレにいこうか」

「もうええわ。家に帰りましょ。そこまでいきたいわけやなかったし。なんかつかれたわ」

おばあちゃんは手に持っていたプレゼントをわたしに渡《わた》してきた。

「これ……そこの袋《ふくろ》に入れといて」

あれれ。なんかおばあちゃんのテンション下がってきた。

これはヤバイかも。

車いすのうしろについている大きなポケットにプレゼントを入れると、わたしは急いでショッピングモールを出た。

帰りはおばあちゃんの提案《ていあん》で、ショッピングモールの前で待っているタクシーに乗せてもらった。

そんなにいきたいわけやない、といっていたけど、おばあちゃんはタクシーに乗っている間、体をもぞもぞさせていて、わたしはそのたびにヒヤヒヤとした。

だいじょうぶかな。おばあちゃん。まさか、タクシーの中でもらしたりしないよね？

緊張《きんちょう》して、手に汗《あせ》がにじんでくる。

早く、早く。

運転手さんがブレーキをかけたときや、信号が赤になるたびに、胸《むね》が押《お》しつぶされそうになる。

おばあちゃんは無口になり、表情《ひょうじょう》が固まった。

お願い！　早く着いて！

ようやく家に到着《とうちゃく》すると、運転手さんに車いすをトランクから出してもらい、広げるのを手伝ってもらった。

「ありがとうございます」

「大変だね。今度はパパかママといっしょのほうがいいよ」

運転手さんは優《やさ》しくいうと、運転席にもどっていった。

今日は家にだれもいないから、はきだし窓《まど》からは出入りできない。

しかたなくおばあちゃんを支《ささ》えながら、玄関《げんかん》の階段《かいだん》を上がる。

おばあちゃんはつかれたのか、わたしにもたれかかってきた。

うっ、重い……。

「おばあちゃん、がんばって」

なんとか鍵《かぎ》を開けると、おばあちゃんは玄関の手すりにつかまって腰《こし》をおろそうとした。

「あっ」

そのとたんおばあちゃんは手をすべらせて、たおれこんだ。

「足が、いたたっ」

おばあちゃんの顔色がみるみる白くなって、ひたいに汗《あせ》がうかんできた。

「ああ、間に合わんかったあ……」

おばあちゃんが泣きそうな声を出す。腰のあたりに目を向けると、おしっこでズボンがぬれていくのがわかった。

う、うそ。どうしよう……。

「マ、ママに連絡《れんらく》するねっ」

「ああもう、死にたいわ。おじいちゃんのところへいきたい」

えっ、なんで急にそんなこと？

「もう、おばあちゃん、何いってんの!!」

「あかりにまで、迷惑《めいわく》かけて……。もう死んだらええ」

「おばあちゃんっ！」

どうしよう。どうしたらいいんだろう。

心臓《しんぞう》がバクバクして、体がふるえてくる。

やっぱり、パパやママにないしょで出かけたりするんじゃなかった……！

とにかく、ママに連絡《れんらく》しなくちゃ。

ふるえる手で携帯《けいたい》を鳴らす。

ママ……出て……！

でも何回コールをしても、出ない。

「どうしよう……」

パパに電話をしようとすると、チャイムが鳴った。

だれ？　こんなときに!!

立ち尽《つ》くしていると、もう一度チャイムがなった。

「こんにちはー」

外から藤井《ふじい》の声がした。

ふ、藤井？　なんで？

今、玄関《げんかん》は開けられない……！

わたしはリビングへいくと、モニターの「通話」ボタンを押《お》した。

「……藤井？」

「あ、宮野《みやの》。いたんだ。山下《やました》のおばさんが、試作のパンを食べてみてほしいっていうから、持ってきたんだ」

「あ、ありがとう。でも今……」

「どうしたの？」

「藤井、どうしよう、おばあちゃんが……」

「ど、どうしたんだよ」

わたしは声を小さくした。

「おばあちゃんが、玄関で転んでしまって……それで……」

おもらしした、なんていえない。

「だいじょうぶ?　な、何か手伝おうか?」

「……じゃあ、勝手口のほうから出るから」

勝手口から玄関《げんかん》の前に回ると、藤井《ふじい》がパンの入ったビニール袋《ぶくろ》を抱《かか》えて立っていた。

お地蔵《じぞう》さんみたいな藤井の顔を見たら、はりつめていた気もちの栓《せん》がゆるんだように涙《なみだ》がこみあげてきた。

「おばあちゃん、足が、痛《いた》いっていってるの。折れては、いないみたいなんだけど……」

涙があふれないように、おなかに力をこめていった。

「わかった」

藤井が緊張《きんちょう》した顔でうなずく。

「どうしよう。ママが電話に出ない。どうしたら……」

「わかった。うちのじいちゃん、呼《よ》んでくる」

藤井がくるりと道路のほうを向いた。

「おじいちゃん?　だ、だめっ」

思わず藤井の腕をつかむ。

「な、なんで?」

「あ、あの、おばあちゃん……お、おもらししてるから……」

がまんしていた涙《なみだ》があふれた。

「そ、そっか……。じゃあ山下《やました》のおばさんに頼《たの》んでみようか?」

藤井《ふじい》は力強くいった。

「あのクリームパンの山下さん? どうして?」

「山下さん、介護《かいご》の仕事しているから。施設《しせつ》で働いているんだって」

わたしは涙をぬぐった。

「今日は休みで、さっきパンを持ってきてくれたから。まだ店にいるかも!」

「い、いいのかな? 迷惑《めいわく》じゃないかな」

「いいんだよ。困《こま》ったら、『助けてー』っていえば、いいんだ」

「……う、うん」

今まで、〈すみれ園〉とうちの中だけで、おばあちゃんの面倒《めんどう》を見ていた。

近所の人にお願いするなんて、考えてもいなかった。

「藤井、ごめんね」

声がふるえる。

「すぐ呼《よ》んでくるからっ」

こんなときなのに、藤井《ふじい》がかけていく背中《せなか》を見て少しホッとした。

一人じゃない。

おばあちゃんのことを知ってくれている人が、他にもいる。

一人じゃない。

そう思うと、ふるえが止まってきた。

深呼吸《しんこきゅう》して、玄関《げんかん》のドアを開ける。

「おばあちゃん、今、近所の介護《かいご》の人がきてくれるから……あれっ？」

玄関にいると思ったおばあちゃんは、トイレに移動《いどう》していた。

ろうかには、動いてぬれた跡《あと》ができていた。あわててトイレをのぞきこむと、おばあちゃんがうずくまっていた。

腰《こし》のあたりにトイレットペーパーの山ができている。

「……自分の始末は……自分でしようと、思ったんやけど」

おばあちゃんはかすれた声をふるわせた。

「おばあちゃん、いいから」

わたしは洗面所《せんめんじょ》から、ぞうきんを取ってきた。おばあちゃんに近づくと、ツンとおしっこのにおいがした。

「あかりはそんなこと、せんでええっ」

さっきまでか細い声を出していたおばあちゃんが怒鳴《どな》った。

「だいじょうぶ！　ママだって、やっていたじゃん」

「ママとあかりはちがう！」

「ちがわない！」

おばあちゃんとママは血がつながっていない。

でも、ママは、おばあちゃんのお世話をがんばっている。

藤井《ふじい》は今、おばあちゃんのために走ってくれている。

だいじょうぶ。わたしにも、できる。

手をのばしかけたとき、おばあちゃんの手と腰《こし》がべちょべちょにぬれているのがわかった。

ごくっとつばを飲む。

玄関《げんかん》が開いた。

「宮野《みやの》、山下《やました》さんにきてもらったから！」

「宮野さん、おじゃましまーす」

藤井《ふじい》のあせった声とは対照的に、山下さんの声はやわらかく、おだやかだった。

その後すぐにコールバックしてきたママが帰ってきて、山下さんに頭を下げつづけていた。

「いいのいいの。困《こま》ったときはお互《たが》いさまだから」

山下さんはママの肩《かた》をポンポンとたたいた。

そしておばあちゃんはママがすぐに病院へ連れていった。

その間、わたしは〈えちごや〉で待たせてもらうことになった。


〈えちごや〉のにおいをかぐと、体から力がぬけて思わずへたりこむ。

「宮野、だいじょうぶ？」

「わたし……さっき、藤井と山下さんがきてくれなかったら、どうしていいたんだろう」

藤井《ふじい》はだまってわたしのそばにしゃがみこんだ。

「おばあちゃんのこと、汚《きたな》い、って思った……おばあちゃんのせいじゃないのに……」

藤井は「う、うーん」とうなるような声を出すと、ボソッといった。

「それが、普通《ふつう》だと思うけど……」

……えっ……？

思わず目をこすって藤井の顔を見た。

お地蔵《じぞう》さんのような目をした藤井が大まじめにうなずく。

「いいじゃん。汚いって思っても。そう思っても、ちゃんと助けようとしてたじゃん」

藤井は壁《かべ》にかざられた写真に目を向けた。

「おれだって、うちのばあちゃんのこと、ずっと汚いって思ってたし。なんともない、って思うほうがおかしいって」

おじいちゃんみたいにのんびりと藤井がいった。

ママから帰宅《きたく》したと連絡《れんらく》があり、家へもどった。

「ただいま……」

おばあちゃんの部屋からは明かりがもれていたけれど、何も声がしなかった。キッチンへいくと、やっぱりおばあちゃんはいなくて、お湯が沸《わ》いているのにママもいない。

「ママ、お湯沸いて……」

ボコボコ音を立てている鍋《なべ》の火を止めて洗面所《せんめんじょ》をのぞくと、ママはつかれた顔をしておばあちゃんの服を手洗《てあら》いしていた。

「ママ……おばあちゃん、だいじょうぶだった？」

ママはハッとしたようにふりむくと、服をしぼった。

「あかり……なんで何もいわないで二人だけでショッピングモールにいったの？」

ママが低い声でいう。

「……ごめんなさい」

「もう、パパもこんな日に飲み会なんて……。早く帰ってきてくれればいいのに」

ため息をつくとママはキッチンにもどり、またコンロの火をつけた。

……こわい。

ママまで、変わってしまったみたい。

「あかり……おばあちゃんの足、今回はちょっとくじいただけだったけど、もし、何かあったらどうするつもりだったの？」

「ごめん……。でも、おばあちゃんが、前向きになったのかと思って……」

「前向き……か」

ママは、ため息をついた。

「おばあちゃん……買い物にいきたいなんていったことなかったのに、この前パパもママも反対しちゃったもんね……」

やっぱり、ないしょでいくんじゃなかった。

いきなり二人で出かけるなんて、無理だったんだ。


ほんの少しだけ夕食を食べて部屋へいくと、いつの間にかウトウトしてしまっていた。

水を飲もうと、そっと階段《かいだん》を下りた。

リビングから、パパの声が聞こえた。

「母さん、大変だったんだって？」

「もう、ひとごとみたいに……！　わたしは仕事も早退《そうたい》しなきゃいけなかったし、いろんな人に迷惑《めいわく》かけてしまったのよ。お母さんは車の中でも病院でも『大阪《おおさか》に帰りたい。もう死にたい、殺してくれ』ってパニックになるし」

ママが強い口調でパパにいう。

「まさか、あかりが二人で出かけるなんてなあ」

パパは微妙《びみょう》に会話をずらした。

「もう、こんなことがあるなら、やっぱりわたし、仕事をやめるわ」

ママの口調が激《はげ》しくなる。

「あ、いや、それは……」

パパのうろたえる声がしたあと、二人の会話はとぎれた。

後ずさりして、階段《かいだん》をそっと上がった。

ママ……やっぱり大変だったんだ。それに、仕事をやめるなんていってた。

どうしよう。わたしのせいだ。

部屋にもどってコロンを抱《だ》きしめると、プン、と何かにおった気がした。思わず自分の手のにおいをかぐ。

……気のせいか……。

ママに仕事をやめてほしくない。

でも二人で留守番《るすばん》をしているときに、また、あんなことがあったらどうしよう。あのときは夢中《むちゅう》だったけど……やっぱりわたし、おしっこをふいたりなんてしたくない……！

それに、おばあちゃんが変わってしまうのもこわい。

また、鬼《おに》ババみたいになってしまったら……いったい、どうしたらいいんだろう。

7　あおぞら園

翌日《よくじつ》、学校にいくと美奈《みな》が話しかけてきた。

「あかり、きのうおばあちゃんと二人で買い物してたの？　すごいじゃん」

美奈の明るい声に胸《むね》がズキッとする。

何もいう気になれず、「ううん」と首をかすかにふった。

美奈は空いていた隣《となり》の席に座《すわ》ると、頬《ほお》づえをついた。

「うちのおばあちゃんも、あかりはえらいっていってて……」

「そんなことないよ……！」

美奈の声を思わずさえぎった。

「いっしょに住むのって……やっぱり大変だよ……」

美奈は目を見開くと、おだやかな声でいった。

「でも、あかりに車いす押《お》してもらっていたおばあちゃん、すごくうれしそうだったよ」

「えっ……」

「あかりはずっと押していたから、おばあちゃんの顔、見えなかったでしょ？」

……そういえば、おばあちゃんの背中《せなか》ばかり見て、あせっていた気がする。

「おばあちゃんはあかりに押してもらって、安心しているんだなって感じがしたよ」

「安心……？」

いつも負けず嫌《ぎら》いの美奈《みな》がこんなことをいうなんてびっくりだ。きのうのことはもう忘《わす》れたいと思っていたけど、そんなふうに見てくれていたなんて……。

美奈は自分のほめ言葉が照れくさかったのか、「アハッ」と笑うと、手のひらを広げてパタパタとほっぺたをあおいだ。

つめの先がほんのりとピンク色になっている。

「あ、ネイルぬってきてる」

わたしがこそっというと、「わたしもオトナでしょ」と、美奈が舌《した》を出した。

白くて細い指にネイルがよく似合《にあ》っている。

思わず自分の手を見る。

きのう……わたしはおばあちゃんのおしっこをふこうとした。

……なんて違《ちが》うんだろう。

「きのう、あの後……大変だったんだ。本当は」

「……何かあったの？」

思わず告白すると、美奈《みな》がまじめな顔で聞いてきた。

好奇心《こうきしん》じゃなくて、心配してくれているのが伝わってくる。

「おばあちゃん……トイレが間に合わなくて、うちの玄関《げんかん》で足をくじいておもらししちゃったの」

「えっ」

美奈が両手を口に当てる。

「そうだよね。信じられないよね。でもさ、わたしが一番ショックだったのは、おもらしじゃないいんだ」

美奈がくちびるをかんでわたしの目を見る。

「おばあちゃんと、初めて二人で買い物にいったのに、途中《とちゅう》まで、喜んでくれていたのに、もう死にたい死にたいっていうんだよ。そんなことをいうのも、病気の後遺症《こういしょう》なのかもしれないって、わかっていても、ショックだった。ママも、仕事やめるっていいだすし……。

わたし……もう……どうしていいかわからない」

ため息をつくと、自然に顔が窓《まど》の外を向いた。

美奈《みな》も同じように目を向ける。

小さい子たちのはしゃいで登校してくる声が、風といっしょに校門のほうから聞こえてくる。

美奈はわたしに視線《しせん》を移《うつ》すといった。

「あかり……明日の放課後、ちょっとつきあってくれない？」

「え？　どこに？」

「うちの、ひいおじいちゃんがいるところ」

「美奈……ひいおじいちゃん、いたの？　知らなかった」

「だよね。わたしが年長のときから施設《しせつ》に入ってるし。別にいう必要もなかったし……。

その施設に、いってみない？」

翌日《よくじつ》の放課後、美奈が家の前まで迎《むか》えにきてくれた。

しばらく駅に向かって歩くと、

「あ、あそこだよ」

と、美奈《みな》は、〈あおぞら園〉と書かれた看板《かんばん》を指さした。

美奈がインターホンを押《お》すと、施設《しせつ》の職員《しょくいん》さんが扉《とびら》を開けてくれた。中に入っても明るい光が窓《まど》から差しこみ、掲示板《けいじばん》にはいちょうの葉っぱやどんぐりがかわいくかざられていた。

ロビーの奥《おく》の広いホールに、車いすに乗ったおじいちゃんおばあちゃんたちが集まっていた。

名札をつけて白衣を着た職員さんたちが、かがんで声をかけたり車いすを押したりしている。

「もうすぐレクリエーションの時間かな。あ、このスリッパにはきかえてね」

美奈は慣《な》れているふうに、すたすたと中に入っていった。

「大じいちゃん」

そして部屋に入ると、チョッキを着て背中《せなか》を丸めているおじいちゃんに声をかけた。

「おお、こんにちは」

美奈《みな》のひいおじいちゃん……大じいちゃんは驚《おどろ》いた顔でふりかえったけど、しっかりした声で答えた。

白髪《しらが》がちょっとだけの頭に、大きなシミがたくさんある顔。

白目が茶色っぽくにごっていて、どよんとしている。

うちのおばあちゃんが若《わか》く感じられるくらい、おじいちゃんだ。

「あんたぁ……だれ？」

「美奈《みな》だよ。ひ孫の美奈」

「おお、美奈か。えーと、あんたぁ……だれだった？」

大じいちゃんがわたしをぎょろっとした目で見る。

「えっと、美奈さんの友だちの宮野《みやの》あかりです」

「はい、どーも」

大じいちゃんは、わたしのいない方向によろよろと頭を下げると、口を開けてぽかーんとした。

「キクはどうした？」

「大ばあちゃんは、もういないでしょ」

「いないって……もしかしてぇ……し、死んだんか?」

大じいちゃんは大げさに声をひそめる。

「そうだよ。お葬式《そうしき》も出たでしょ!」

美奈《みな》はポンポンいいかえすと、わたしにささやいた。

「いつもこうだから、気にしないで」

わたしはかすかにうなずいた。

美奈が大じいちゃんの手をひいてホールにいこうとすると、

「美奈ちゃん、美奈ちゃん」

隣《となり》のカーテンが開いた。

「これ、良かったらどうぞ」

カーテンから現《あらわ》れたおじいちゃんの手のひらに、鶴《つる》が乗っていた。

赤い、折鶴《おりづる》。

背中《せなか》がふくらみきっていないし、裏《うら》の白い部分が目立つ、ちょっとヨレヨレの鶴。

おばあちゃんの作ったのと似《に》ているな……。

じっと見ていると、おじいちゃんは頭をペンとたたいてわたしを指さした。

「そ、そっちの。美奈《みな》ちゃんの、横の」

「野口《のぐち》さん、わたしの友だちだよ。あかり、っていうの」

「ああ、あかりちゃん。あかりちゃんも良かったら。ピンクがいいかな」

野口さんというおじいちゃんは、わたしにもピンクの鶴《つる》をくれた。

部屋を出ると、美奈がいった。

「野口さん、孫がいないから子どもがくるとうれしいみたい。いつもいろいろくれるんだよね。お見舞《みま》いでもらったお菓子《かし》とか、折鶴《おりづる》とかさ」

大じいちゃんが、立ち止まるとモゴモゴいった。

「キク、冷蔵庫《れいぞうこ》に、まんじゅうが入ってる。今日はまだ昼ごはん食べてないから、出していっしょに食べよう」

「三年前から同じことといっているから」

美奈がけらけら笑う。

「キク、キク」

「キクじゃないよ。美奈だよ」

「そうか……そういえば美奈《みな》はひざのけがはもうだいじょうぶなのか?」

大じいちゃんが突然《とつぜん》、心配そうにいった。

「……うん。もう治ったよ」

美奈《みな》はにっこり笑うと、大じいちゃんにひざを見せた。

「そりゃあ、良かった。傷《きず》も残らなくてぇ、良かった」

大じいちゃんは目を細めて笑うとまた口をぽかーんと開けて、わたしたちじゃなくて窓《まど》の外を見た。

「香川《かがわ》さーん、レクリエーションはじまりますよー」

職員《しょくいん》さんに声をかけられて、大じいちゃんはホールの席についた。

美奈はそれを見届《みとど》けると、

「ひざのけが、年中のときだったんだけどね。

いまだに心配してくれるの」

といって、玄関《げんかん》に足を向けた。

「いこっか」

〈あおぞら園〉を出ると、美奈《みな》は髪《かみ》を整えながらつぶやいた。

「……びっくりした？」

「あ、え、うん……」

「わたしが幼稚園《ようちえん》に入ったころに認知症《にんちしょう》になって……。だんだんひどくなってね、娘《むすめ》なのにおばあちゃんの名前もわかんなくなって。もちろん、ママやわたしの名前も。みんな大ばあちゃんの名前のキク、なの」

「そっか……」

「ウンチを自分の手でふいたりね。……わたし、家のろうかでふんじゃって、めちゃくちゃ泣いたよ」

わたしはつばをゴクッと飲んでいった。

「わたしも……、きのう、おばあちゃんのこと、汚《きたな》いって思っちゃった。ふいてあげようと思ったけど、できなかった……」

美奈《みな》は首を横にふった。

「大じいちゃんには悪いけど、おばあちゃんもパパもママも、大じいちゃんが施設《しせつ》に入ってくれて、やっぱり助かっていると思う。ママは仕事で介護《かいご》しているけど、家族だと……つらいんだって」

いつも笑顔でハイテンションの美奈が、つめをはじきながらつぶやいた。

学校で「うちは施設に預《あず》ける」とやけにきっぱりいいきる美奈に思わずいいかえしたのを思いだした。

オシャレでかわいくて楽しいものだけに囲まれているように見えていた美奈。

美奈も、藤井《ふじい》も、みんなも、わたしとは違《ちが》う、って思っていた。

でも、いちいちいわないだけで、みんな絶対《ぜったい》どこかにおじいちゃんやおばあちゃんがいる。

いっしょに住んでいても、いなくても。

バリバリ元気でも……もう、この世にいなくても。

「あかり……あんまり無理しなくていいんだよ。いっしょに住むのかどうか、わたしたちは、決められないしね」

だまってうなずくと、美奈《みな》がわたしの顔をのぞきこんだ。

「ジュピターの新曲、聞く？」

公園のベンチに座《すわ》ると、美奈のイヤホンを片方《かたほう》だけ借りた。

右耳のイヤホンから、ルイくんのギターの音と、歌声が流れてきた。

ルイくんの音は、今のわたしには、ちょっと強かった。

でも、曲に合わせてリズムをきざんでいる美奈を見ていると、自然に体がゆれた。


家に帰るとママが、「どこにいっていたの？」と、聞いてきた。

「今日、美奈のひいおじいちゃんのいる施設《しせつ》に連れていってもらったの」

「えっ、どうして……？」

「美奈に……おばあちゃんのこと話したら、連れていってくれたの。美奈にひいおじいちゃんがいたなんて知らなかったけど……会わせてくれたんだ」

ママの目つきが険《けわ》しくなった。

「美奈の家、ひいおじいちゃんには悪いけど、施設に入ってくれたから助かってるっていってたよ……」

ママの気もちをさぐるようにいったら、最後は声が小さくなってしまった。

「あかり……美奈《みな》ちゃんのひいおじいちゃんはね、認知症《にんちしょう》になって、徘徊《はいかい》して線路に入っちゃったり、火をつけっぱなしにしたり、大変だったのよ。うちのおばあちゃんとは症状《しょうじょう》が違《ちが》うでしょ」

ママは早口でいうと、とがめるような目でわたしを見た。

「じゃあ、ママはこのままずっとがまんして面倒《めんどう》見るの？　ママだって大変だって思ってるんでしょ？」

何かがせり上がってきて、言葉を止めることができない。

「美奈は、わたしのこと心配して連れてってくれたんだよ！　わたし……おばあちゃんと二人になるのがこわい。でも、ママがおばあちゃんのせいで仕事をやめるのもいや。ママ、仕事やめちゃうの？　わたしのせいなの？　そうしてまでおばあちゃんと住みつづけないといけないの？　ねえ!?　もう、どうしたらいいのかわからないよ！」

はきだすようにいうと、ママはわたしをソファに座《すわ》らせた。

「あかりのせいじゃない。本当は、最初から仕事はやめなきゃと思っていたんだから……」

まだドキドキして、ママの声が入ってこない。

「おばあちゃんは、おじいちゃんが事故《じこ》にあって、一人で子ども二人を育てていく、ってすごく大変だったと思うんだ……。働きに働いて、たおれて、障《しょう》がいが残ったからって、自分の家にも住めなくなって。やっと子どもを育てあげて、これから自分の好きなこと、なんでもできたはずなのに……」

ママはわたしの目をしっかりと見ていった。

「もう大きくなったからいうけど、あかりが赤ちゃんだったころ、おばあちゃんに助けてもらったことがあったの」

ママがぽつぽつと話しだした。


わたしはすぐ体調をくずす赤ちゃんだったから、出産後、ママは家にこもりがちになった。パパは仕事でほとんど家におらず、ママのほうのおばあちゃんも遠くに住んでいるうえに他の孫の面倒《めんどう》を見ていたから、ママは一人でがんばるしかなかったらしい。

わたしの夜泣きでほとんど寝《ね》てないのに朝がくる。

（ああ、また今日も一日がはじまってしまうんだ）

暗い気分になったり、何もないのに泣けてきたりすることもあった。

「そのときは夢中《むちゅう》でよくわかってなかったけど、今から思うと育児ノイローゼ、っていうのになってたのかも」

ママはわざと明るくいったけど、初めて聞いた話だったからびっくりした。

そんなある日、パパが出張《しゅっちょう》にいったあと、いきなりおばあちゃんが大阪《おおさか》からやってきた。

「いきますよ、っていうとあや子《こ》さんは掃除《そうじ》とかおもてなしとか気をつかうやろうから、突然《とつぜん》きたんや。かんにんしてや」

ママがあわてて部屋を片《かた》づけようとすると、おばあちゃんはいった。

「今日はわたしがあかりを預《あず》かるから、あや子さんは出かけてきて。自分のものを一つでも買っておいで」

戸惑《とまど》うママに、「あや子さんが気分転換《てんかん》して元気になったほうが、あかりにもいいんやで」と、おばあちゃんはゆずらなかった。

「わたしへのおみやげとか、慎一郎《しんいちろう》やあかりのものは買ってきたらアカンで。それとな、夕ごはんは絶対《ぜったい》にお惣菜《そうざい》を買ってくるんやで～！」

ためらいながら外出したママは、体がすごく軽いことに気づいた。

思いきってデパートにいこうと日差しをあびながら歩いた。気分がさーっと晴れてきた。

——ああ、町を歩いているだけでうれしい。生きててよかった。

「大げさだけど心の底からそう思ったのよ」とママは笑った。

わたしが生まれてからはくのをあきらめていたスカートを一枚《まい》買って、お店でコーヒーを飲み、おばあちゃんにいわれたとおり、お惣菜《そうざい》を買って帰った。

おばあちゃんは家の中をへんに片《かた》づけたりしないで、わたしを見守ってくれていた。たった三時間だけだったけどすごくリフレッシュできて、わたしのこともますますかわいく思えたらしい。

「慎一郎《しんいちろう》は電話で『あや子《こ》は大変そうだ』っていってるわりには面倒《めんどう》見てないみたいやから、大阪《おおさか》からすっとんできたんや。あや子さん、一人でがんばって大変やったなあ。いくら子どもがかわいくても、あや子さんにも気分転換《てんかん》が必要なんやで！」

おばあちゃんがパパにビシッといってくれて、そこからママはパパに少しずつ頼《たよ》ったりできるようになった。

わたしが赤ちゃんのときに、ママとおばあちゃんにそんなことがあったなんて……。

「でもさ、それは昔のおばあちゃんでしょ。今はもう別人だよ……全然良くならないし」

しばらく沈黙《ちんもく》したあと、ママは口を開いた。

「でも、縫《ぬ》い物したり、出かけてみたり……。あかりが前にいってたけど、おばあちゃん、前向きになってきたんじゃないかな。少し失敗しても、何も変わらないのとは違《ちが》うと思うよ」

首をかしげると、ママがポンとわたしの頭に手をおいた。

「それはね、あかりのおかげだよ。あかりがいてくれたから、おばあちゃんもやってみようと思ったんだもんね。でも、ママの仕事や留守番《るすばん》のことは……パパとちゃんと相談しているから。もう、あかりに無理させないようにするからね」

8 さみしい病

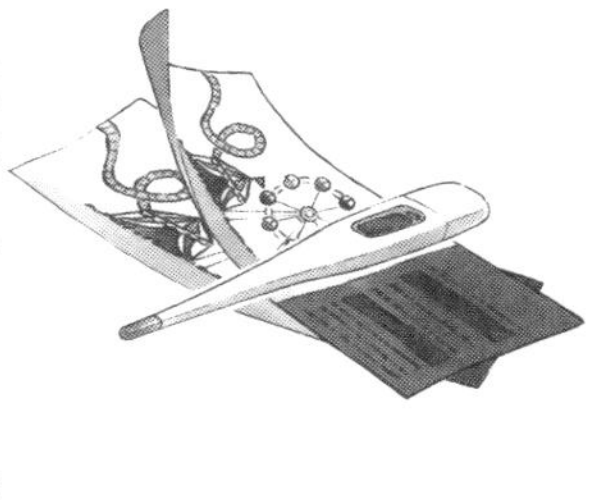

わたしとショッピングモールにいった後から、おばあちゃんは部屋にひきこもりがちになった。

ある日、学校から帰ると、山下《やました》さんとママが玄関《げんかん》の前でしゃべっていた。

「あ、あかりちゃん。お帰りなさい」

山下さんがわたしに笑顔を向けると、ふっくらした頬《ほお》にえくぼがうかんだ。

「〈えちごや〉さんにお礼をしにいったら山下さんに会って、いっしょに帰ってきたの。おばあちゃんのこと、いろいろ相談にのってもらったのよ」

ママの声がいつもより明るい。

「あかりちゃん、おばちゃんね、おばあちゃんみたいに後遺症《こういしょう》があっても、時間をかけて回復《かいふく》した人、いっぱい見てきたよ。リハビリだけじゃなくて、ただ散歩をして季節を感じたり、音楽を聞いたりすることで良くなる人もいたっていう話をしていたんだ」

散歩や音楽で……？

わたしが小さくうなずくと、山下《やました》さんはママのひじのあたりにポンポンとふれた。

「じゃ、奥《おく》さん、あんまり一人で無理しないでね。いろいろ介護《かいご》サービスもあるから、ケアマネージャーさんにも相談してね」

山下さんはそういうと、手をふって帰っていった。

ママは山下さんの姿《すがた》が見えなくなるまで、玄関《げんかん》の前に立っていた。


「あと十日であかりの誕生日《たんじょうび》か」

木曜の夜、お風呂《ふろ》から上がるとパパが話しかけてきた。

「今年も〈マジカルランド〉にいくか？」

「えっ、いいの？」

〈マジカルランド〉は車で一時間くらいのところにある、大人気の遊園地だ。わたしの好きなキャラクターといっしょに写真を撮《と》ったり、アトラクションに乗ったりできる。毎年、誕生日に近い土曜日には、お祝いで〈マジカルランド〉に連れていってもらうのが恒例《こうれい》になっていた。

「今年は……おばあちゃんがいるから無理かなって思ってた……」

「いや、あかりの誕生日《たんじょうび》のお祝いだから、と説明したら、『わたしのことは気にせんと、いってあげて』っていってたぞ」

「うん……。でも、いいのかな……？」

「あかりはいつもおばあちゃんのために留守番《るすばん》もしてくれているし、そんなに気をつかわなくていいよ。夜までいるつもりだから、おばあちゃんは〈すみれ園〉に一日泊《と》まるショートステイっていう制度《せいど》を利用するように話はついてるから。ママも気分転換《てんかん》になるし」

パパがめずらしく、頼《たの》もしい感じでいった。

ベッドにもぐりこんでも、なかなか眠《ねむ》れない。

やった！　今年もちゃんと連れていってもらえるんだ。

それに……おばあちゃんのことを気にしなくていいなんて、久《ひさ》しぶりかも。

「……わたしって、やなヤツかな……」

せっかく誕生日のお祝いなのに、なんでこんなこと気にしなきゃいけないんだろ。

もう一度寝返《ねがえ》りを打って、深呼吸《しんこきゅう》した。

……いいよね、誕生日《たんじょうび》だもん。

一日だけだし、いくらおばあちゃんでも、がまんしてくれるよね。

「そうだ、コロン、おばあちゃんといっしょにショートステイにいってあげてくれないかな？」

コロンはにっこりした口元でわたしを見つめた。


十月最初の土曜日の朝。

わたしは目覚まし時計が鳴る前に目がさめると、コロンを連れてリビングに下りた。

今日は〈マジカルランド〉にいける！

いつもより二時間も早く起きたけど、全然眠《ねむ》くない。朝七時には門の前にならばないと、好きなアトラクションのチケットはすぐに売り切れてしまうし。

ところが、パパが声をかけてもおばあちゃんが起きてこない。

六時には出発しなきゃいけないのに……！

しかたなくおばあちゃんの部屋にいくと、ふすまから光がもれている。

――あれっ、起きてる？

トントン、とふすまをたたくと、「は、はいはい。ちょ、ちょっと待ってや」と、おばあちゃんのあせった声がした。

何やってるんだろ？　着替《きが》えているのかな？

「おばあちゃん、朝ごはんだよ」

「はいはいっ」

いきなりふすまが勢《いきお》いよく開いた。

「わっ、びっくりした」

いつもはベッドの上でぼんやりしているおばあちゃんが、もう車いすに乗って目の前にきていた。

「はい、朝ごはんね。いきますいきます」

おばあちゃんはわたしを押《お》しのけるように、車いすを動かそうとする。

「おばあちゃん、そんなにあせらなくてもだいじょうぶだよ」

「別に。あせってなんかない」

おばあちゃんの脇《わき》から手をのばしてふすまを閉《し》めようとすると、ごみ箱近くの床《ゆか》の上に何かが落ちているのが見えた。気になって部屋をのぞきこもうとすると、おばあちゃんがわたしを押《お》した。

「ええから。おばあちゃんが後で閉《し》めとくから！」

「ど、どうしたの？」

おばあちゃんの迫力《はくりょく》に押されながらじっと目をこらす。

窓《まど》からの光で反射《はんしゃ》してよく見えない。

四角い紙？　ハガキ？　チラシ？

……ううん、写真だ。なんの写真だろう。

あれっ……あれは……？

心臓《しんぞう》がバクンとはねて、全身に血がかけめぐる。

「あかり、いくで！　もう、勝手に人の部屋、見んといて！」

おばあちゃんが車いすを動かす。わたしは後ずさりした。

あの写真……わたしたちの家族の写真だった……？

ビリッとやぶかれていたように見えたけど……。

気のせいだよね？　うん、絶対《ぜったい》気のせいだ。

今日は〈マジカルランド〉にいくんだから、へんなこと考えるのはやめよう。

わたしはおばあちゃんの部屋に背《せ》を向けた。おばあちゃんはもうリビングに入っている。

もう一度部屋をふりかえった。

（……たしかめる？）

体がゾクッとした。

おばあちゃんの部屋は明るくなっているのに、何か暗くてこわいものにかみつかれそうだ。わたしは目をつぶると、ふすまをパン！　と閉《し》めた。


リビングにもどると、パパがおばあちゃんの隣《となり》の席に座《すわ》って険《けわ》しい顔をしていた。

「慎一郎《しんいちろう》、せやから頭が痛《いた》いねん。寒気がしてゾクゾクするんや」

「だから、熱は測《はか》ってみたのか？」

「いや、わたしはいつも低体温やから。体温計で出た数字は、アテにならん」

わたしとママは顔を見合わせた。

うそだ！　仮病《けびょう》に決まっている。

時計をチラッと見る。六時を過《す》ぎた。

どうしよう。もう出かけなくちゃ、チケットが取れないかも。

「慎一郎《しんいちろう》、病院連れてってや！　今日は土曜でめっちゃ混《こ》むから、はよ出な」

おばあちゃんは、わたしたちが出かけることなんか何も知らないみたいに早口でまくしたてた。

「えっ……本当に？　今日は……あ、いや、そうか、わかった」

パパは頭をかきながらわたしの顔をチラッと見た。

もしかして……。

「あかり、悪いけどおばあちゃんは具合悪いみたいだから、今日はキャンセルして、来週にしよう」

うそ……！

おばあちゃんは「キャンセル」という言葉を聞いても謝《あやま》るそぶりもなく、「ああ、なんか関節も痛《いた》い」などと、ブツブツいっている。

うそっ……うそでしょ。

ドロドロした熱いかたまりが、体の奥《おく》からわきあがってくる。

もう、だまっていられない！

「……おばあちゃん、今日、わたしの誕生日《たんじょうび》に一番近い土曜だからお祝いで〈マジカルランド〉にいくって知ってたよね？」

「ああ、そうやったっけ。悪いけど、おばあちゃんほんまに具合悪いんよ」

おばあちゃんはわたしの目を見ないで、ひじをさすっている。

そうやったっけ？

うそだうそだ。絶対《ぜったい》うそだ！

知っていたくせに！

また、さみしい病が出たんだ！

わたしだって、おばあちゃんが引《ひ》っ越《こ》してきてからずっとがまんしてきたのに。

今日だけは……パパとママと三人で、楽しく過《す》ごそうと思ったのに。

なんでいつもがまんばっかりしないといけないの！

パパがわたしとおばあちゃんの間で視線《しせん》を泳がせた。

「じゃ、じゃあさ、母さん、今日はおれが病院に連れていくから、あかりとママは〈マジカルランド〉にいかせるよ。ずっと楽しみにしてたんだ」

「いやや！　病院のことはママのほうがよく知ってるし、慎一郎《しんいちろう》だけじゃ不安や！」

おばあちゃんは首をふった。

「もう、わがままばっかりいうなよ！　今までけっこう土日に出かけていたけど、母さんがきてからはあかりもがまんしてたんだぞ。留守番《るすばん》だってしてくれてるし」

「ああ、そうですか。やっぱりわたしはじゃまなんやね。お荷物なんや」

「そんなこといってないだろ、だから今日はお互《たが》いちょっと譲《ゆず》り合おうっていってるだけじゃないか！」

パパがいくらいったって、おばあちゃんがひかないことはとっくにわかっている。

「ああ、もう死にたいわ」

「母さん、薬飲んでるか？」

「薬もなくなってん。だから今日はママもいっしょにいって説明してもらわんと！」

「もうやめてよっ！」

思わず大声が出た。

「あかり、なんやの。そんな怒鳴《どな》って。こわいわあ」

「こわいのはおばあちゃんのほうだよ‼」

わたしは引き出しから体温計を出して、おばあちゃんにつきだした。

「おばあちゃん、熱を測《はか》ってよ！」

「あかり！」

ママがわたしの手をつかむ。

思いきりふりはらった。

「測《はか》れないんでしょ。本当は熱なんてないんでしょ。わたしたちばっかり出かけるのがいやなんでしょ！」

「ああ、こわい。孫にこんなこといわれるなんてねえ。もう大阪《おおさか》に帰りたいわ」

おばあちゃんは耳をふさいだ。

体中が熱くなって、胸《むね》がはりさけそうになる。

「いっつもいっつも逃《に》げるようなことばっかりいって！　どうしてここで新しくがんばろうと思わないの？　おばあちゃんが逃げるところなんて、もうどこにもないんだよ！　大阪にもどったって、一人で暮《く》らせるわけないじゃん！」

「あかり！」

パパに怒鳴《どな》られて、体がビクッとなる。

こんなの……初めてだ。

ずっと、ずっと怒《おこ》られるようなことなんて、してこなかったのに。

ああ、もういやだ。もう、〈マジカルランド〉に出かけているはずだったのに。

わたしはおばあちゃんをにらんだ。

「おばあちゃん……さっき、部屋にあったの、何？」

「何って？」

「写真やぶいてなかった？　……家族の」

おばあちゃんも「そんなわけないやろ」って怒鳴《どな》るのかって覚悟《かくご》していたけど、言葉は返ってこなかった。

また、ろう人形のように固まってしまってる。

おばあちゃん、否定《ひてい》してよ。なんでだまってるの？

「あかり、写真ってなんだ？　持ってきなさい」

わたしは首をふった。

もう、あんなの見たくない。おばあちゃんの部屋なんて、二度といきたくない。

「パパが見てくればいいでしょ！」

「あかり！」

今度はママが声を荒《あら》くした。

涙《なみだ》がじわっとあふれてきた。

どうして？　なんでわたしが怒《おこ》られなきゃいけないの！

パパは大きく一回息をつくと、おばあちゃんの部屋へ向かった。

おばあちゃんは何もいわずにじっとテーブルを見つめている。

パパはなかなかもどってこなかった。

さっきから心臓《しんぞう》がドキドキしつづけて、胸《むね》が苦しい。

ママも様子を見にいこうとすると、パパが険《けわ》しい顔でもどってきた。

「母さん……。おれたちだけが出かけるのがそんなにいやだったのか？」

おばあちゃんはテーブルを見たまま無視《むし》している。

……やっぱり、家族の写真だったんだ。

熱くなっていた体が冷えていく気がした。

ママがわたしの肩《かた》にそっと手をおいた。それでも、体のふるえが止まらない。

「どうして、あかりにあんなもの見せたりしたんだ⁉」

「見せてなんかいません」

「母さん、いい加減にしろよっ！」

パパが大きな声を出した。

「あかり、ママと〈マジカルランド〉にいってきなさい」

もう、いく気分じゃない。

首をふると、パパはおばあちゃんにいった。

「母さんも、もしいっしょにいきたかったんなら、そういえば……」

「いきたいなんていってない！　いきたくたって、みんなのお荷物になるの、わかってる！　気をつかわれて、つかれるだけや！　一人暮《ひとりぐ》らしのほうが気楽で良かったわ！」

かん高い声でまくしたてるおばあちゃんに、思わず怒鳴《どな》った。

「だったらもう、大阪《おおさか》に帰ればいいじゃん！」

「ああ、帰る帰る。帰ればいいんやろ！」

ボンッ！

わたしはコロンの腕《うで》を持つと床《ゆか》に投げつけて、ダダッと二階の部屋へかけあがった。

体の底からふるえがこみあげてきて、引き出しを開けると、おばあちゃんの作ったたくさんの折鶴《おりづる》をかきだすように床に落とした。

こんなの別にほしくなかったんだから！

クローゼットからおばあちゃんがリボンを縫《ぬ》ったカットソーをひっぱりだす。

こんなもの、こんなものっ！

カットソーを思いきり左右にひっぱった。

プチッと、糸の切れる音と、かすかな感触《かんしょく》がした。

その感触が、指先から体全体をはうように伝わってきて、背中《せなか》がぞくりとした。

バリバリ働いて、かっこよかったおばあちゃん。

でも……もう、良くならないんだね。治らないんだね。

心の奥《おく》から、ドロドロしたものがあふれてくる。

——だったら……なんでおばあちゃんは助かったんだろう。

もう働けなくて、ちょっと前向きになっても、またすぐみんなに嫌《きら》われることとして。

昔のおばあちゃんは、どこにいってしまったんだろう。

助かってほしかったのは、あんなおばあちゃんじゃない。

変わってしまうってわかっていたら、わたし、おばあちゃんが助かったのをうれしいって思えたのかな。

そう思った瞬間《しゅんかん》、悪寒がはしった。

でも……もう、いい子ぶってられない。

ずっと、がまんしてた。力にならなきゃって思ってた。だって、わたしの、血のつながった、おばあちゃんだから。

でも……今は思う。

あんなおばあちゃんなら、いらない。

血のつながりがなんなの？

どうしてこの家で……めんどう見ないといけないの？

こんなことをがまんするのが家族の役割《やくわり》なの？

こんな気もちになるなら、いっしょに住まなきゃよかった。

もう、誕生日《たんじょうび》のお祝いなんていらない。

わたしは、おばあちゃんさえ、いなくなればいい。

おばあちゃんのいない、元の生活にもどれればそれでいい！


けっきょく、パパとママ二人でおばあちゃんを病院に連れていっている間、わたしは部屋でずっとベッドにつっぷしていた。

ばっかみたい。大人二人がかりで連れてくなんて。

昼食と夕食には、わたしの大好物ばかりが用意されたけど、食欲《しょくよく》なんてわいてこない。

「おばあちゃん、どうだったの」

「ああ、うん。たいしたことなかったよ」

パパがごまかすようにいった。

……やっぱり、仮病《けびょう》だったんじゃん！

なのに、おばあちゃんは何も食べずに自分の部屋にひきこもったきりだった。

夕食後、おばあちゃんの部屋に声をかけにいったママはキッチンに立つと、「もうっ！」

とさけんで、シンクにはしを投げつけた。

思わず体がビクッとなった。

ママの眉間《みけん》にしわが寄《よ》って、呼吸《こきゅう》が荒《あら》くなっている。

「何が『大阪《おおさか》に帰る』よ！　まだ帰るところは大阪なの？　だったらもう知らない！」

ママがキッチンにしゃがみこんだ。

「ママ……」

パパがママの肩《かた》を支《ささ》えた。

「母さんが勝手なことばかりやって、本当に……ごめん」

パパはママの肩《かた》をさすった。

「仕事仕事で……いったいだれのお母さんなの？」

ママは顔を上げずにつぶやいた。

「わたしだけじゃ……もうお母さんを支える自信がない。あかりにも負担《ふたん》がかかってるし……」

ママは、今まで張《は》りつめていた糸が切れたみたいに、しばらくそこから動かなかった。

パパは何もいえずに、ただママのそばに座《すわ》っていた。

そして、翌日《よくじつ》の朝、おばあちゃんが玄関《げんかん》でたおれているのをママが見つけた。

9　ビリーブ

「母さん、かあさんっ、だいじょうぶかっ、しっかりしろっ」

パパは今までに聞いたことのないような声でさけぶと、おばあちゃんをゆさぶった。

ママは、「ゆさぶっちゃだめ！」と、パパを止め、おばあちゃんが呼吸《こきゅう》をしているか確《かく》認《にん》すると、救急車を呼《よ》んだ。

足から全身にふるえが広がる。

なんで……車いすに乗らずに……？

「いつからこんな所でたおれてたんだ……」

パパの声がかすれる。


おばあちゃん、どうして……。

いやだ……おばあちゃん……。

いやだ……っ。

パパがおばあちゃんを呼《よ》ぶ声が、病院へいってからも耳の奥《おく》で響《ひび》きつづけた。

「また、脳《のう》こうそくかもしれないな……」

病院のろうかで待っていると、パパがぽつりといった。

「えっ、また……？」

半年前になったばかりなのに？

「またなることも、よくあるのよ」

ママがささやくような声でいった。

そんな……。

パパは両手を組んでひたいに当てると、何かに祈《いの》るようにずっと目をつぶっていた。

ママは青白い顔で、時々《ときどき》パパの背中《せなか》をさすっていた。

わたしも目を閉《と》じて、指を組んだ。

おばあちゃんの顔だけが、脳裏《のうり》にうかんでくる。

おばあちゃん、もどってきて。

おばあちゃん、死なないで。

前におばあちゃんが大阪《おおさか》でたおれたときは、仕事の途中《とちゅう》だったから、すぐに救急車を呼《よ》んでもらえた。

大阪にいるおばあちゃんのお姉さんから連絡《れんらく》があったときには、もう命は助かったことがわかっていたから、こんな気もちになることはなかった。

パパがこんなに動揺《どうよう》する姿《すがた》も初めて見た。

先生が部屋から出てきた。

ママがとっさにわたしの手をつかんだ。

冷えきった手から、ふるえが伝わってきた。


おばあちゃんは、全然食事をしていなかったから、脱水症状《だっすいしょうじょう》と貧血《ひんけつ》を起こしたらしい。

脳こうそくの再発《さいはつ》も調べたけど、異常《いじょう》がなかったと聞いて、パパが大きく息をはいた。

ママは目を閉《と》じて、「ああ……」とつぶやくと、わたしの手をさらに強く握《にぎ》った。

とたんに、いろんな感情《かんじょう》がぐちゃぐちゃになってわたしに襲《おそ》いかかってきた。

ママが手を握《にぎ》っていなかったら、その場に座《すわ》りこんでいたかもしれない。


病室に入ると、おばあちゃんはうっすらと目を開けていた。

パパが、「貧血《ひんけつ》と、脱水《だっすい》だったってさ。だから、ごはんはきちんと食べないとだめだっていっただろ……」なんて話しかけている間、わたしはまだだまってママと手を握っていた。

ママはお化粧《けしょう》がとれてげっそりしている。

「母さん、なんで玄関《げんかん》にいたんだ？　トイレにいく途中《とちゅう》で転んだのか？」

パパが聞くと、おばあちゃんはぼんやりとした顔でわたしたちをチラッと見た。

「みんなに悪いことしたから……やっぱり歩けるように一人で練習しようと思って……。

夜中なら迷惑《めいわく》かけんと思って……」

おばあちゃんはささやくようにいうと、毛布《もうふ》にもぐりこんだ。

翌日《よくじつ》、学校へいくと美奈《みな》たちが藤井《ふじい》の周りを取り囲んでいた。

「へえ～藤井ってギター弾《ひ》けるんだ！」

「地蔵《じぞう》、うまいんだぞ」

藤井《ふじい》の友だちが自分のことのように胸《むね》をはっている。

「知らなかった〜」

「ねえ、どんな曲弾《ひ》けるの？」

まっきーたちに聞かれて藤井は、「うちでチョコチョコ弾いてるだけ」「そんなにうまくないよ、うん」なんていっているけど、うれしそうな目をしている。

なんだか、一人ぼっちにされたような気がした。

どうして……？

なんで美奈《みな》たちが藤井とギターの話をしているだけなのに、こんな気もちになるんだろう。

「あかり、あかり、知ってたー？」

美奈が手招《てまね》きする。足が動かない。

「宮野《みやの》は知ってるよ」

藤井がぼそっというと、美奈が「えーっ」と高い声を出した。

「えっ、〈えちごや〉にいったときに、たまたま教えてもらっただけ」

あわてて自分の席からそっけなくいうと、美奈《みな》がはしゃいだ。

「ねえ、今度わたしにも教えてよ！　お姉ちゃんがやってたのにやめちゃってギターあるんだ」

席には近づかないのに、耳だけは会話を聞こうとしている。

……藤井《ふじい》、ことわって。美奈にも教えるなんてやめて。

心の中で強くさけんだ。

「いいよ。別に」

あっけなく、藤井はOK《オーケー》した。

「やったー！　ねえ、りぃちゃんとまっきーもいっしょにいってみない？」

「えーっ、わたしたちも？　弾《ひ》けないよ」

「いいじゃん、聞かせてもらうだけでも」

「うん、じゃあ、いってみようか～」

あーあ……。

体から力が抜《ぬ》けていく。

「ねえ、あかり。藤井がわたしたちもきていいってー」

美奈《みな》がわたしの席にはねてきた。

「あかり、いつもいってるんでしょ。連れていってよ」

「あ……今日は……」

おばあちゃんのこと、さすがにいう気になれない。

「わたしはいいよ。いつでもいけるし」

「そう？　なんかあかりがいないといきにくいな」

「よくいうよー」

藤井《ふじい》が席からつっこむと、りぃちゃんたちも笑った。

……早く、先生がきてくれないかな。

っていうか、次、なんの授業だっけ。

さっきから教科書とノートを出そうとしているのに、間違《まちが》えてばっかりだ。


昼休みになると、チャボ小屋へ向かった。

藤井が教室を出ていくのを見たけれど、チャボ小屋にはいなかった。

「ココッココッ」

チャーボーは人なつっこいのか、わたしがきてもすぐに寄《よ》ってくる。

「あっ、宮野《みやの》」

ふりかえると飼料《しりょう》の袋《ふくろ》を抱《かか》えた藤井《ふじい》がいた。

「あ、うん」

藤井と二人でしゃべりたかったのに、いざとなると言葉が出ない。

藤井は首をかしげながら、チャーボーをうしろから抱《だ》っこした。

「今日、みんな弾《ひ》くのかなあ。四人で弾いたらさすがにうるさいよなあ」

藤井はチャーボーをなでると、ひとりごとのようにいった。

「宮野、今日は留守番《るすばん》だったっけ？」

「別に。そういうわけじゃないけど」

うわ……なぜかツンツンしたいい方になってしまう。

「まあ、無理しなくていいけどさ」

「わたしもいつもヒマなわけじゃないし」

わざとそっけなくいうと、藤井がわたしの顔をじっと見つめた。

「宮野、なんか怒《おこ》ってる？」

「……別に」
「あっ……そ」
藤井《ふじい》はめずらしくムスッとして首をかしげると、掃除《そうじ》をはじめた。
あーっ、もう、わたし、なにやってんの？
藤井は優《やさ》しい。でも、みんなに優しい。わたしだけに特別、優しいわけじゃないんだ。
そんなの、当たり前なのに。なんで勝手にすねてるんだろう。
そのとき、昔のアルバムを見せてもらったときのおばあちゃんの顔がよぎった。
もしかして……。
おばあちゃんも、こんな気もちだったのかな……？
──一人になってしもた。
──おばあちゃんの家族……どこへ、いってしまったんやろねえ。
おばあちゃんの声が体の中を通り過《す》ぎる。
……本当は藤井と二人で練習したかった。
それが当たり前になって、あまえてた。
みんなは悪くないのに、わたしひとりで不機嫌《ふきげん》になって。

……うん。

わたし……素直《すなお》になろう。

ちゃんと、言葉に出して伝えたい。

「あ、あの、うちのおばあちゃん、たおれて入院したんだ。でもただの貧血《ひんけつ》だったんだけど」

「えっ、そんな大事なこと、早くいってくれれば良かったのに」

藤井《ふじい》は急にそわそわしだすと、「貧血か……でも貧血もばかにできないな……」と、ブツブツいった。

本当に伝えたいことは、これだけじゃない。

「そ、それに」

「うん？」

「いつも二人で練習してたから……えっと……」

「あ……えっ？　あっ、うん……」

みるみる顔を赤くした藤井は、チャボにエサをやろうとして「おわーっ」とさけんだ。

お皿からエサがあふれかえっていた。

放課後、〈えちごや〉へいくと、お店は静かだった。

耳をすましたけれど、ギターの音や話し声は聞こえない。

「こんにちはー」

思いきっていってみると、藤井《ふじい》が一階の奥《おく》から出てきた。

「あ、やっぱ宮野《みやの》か」

「あ、あれ？　美奈《みな》たちは？」

「みんな、帰っちゃったよ。難《むずか》しい～とかいって」

「は、はやっ」

「だよね」

藤井がハハッと笑って目が合うと、ドキッとしてしまった。

な、なんでわたし……。

あわてて目をそらすと、お店の中を見渡《みわた》した。

（あ、茶色のブラウス、なくなってる）

いつもクリームパンのおいてあるコーナーのうしろに、小さい四角に仕切られた棚《たな》がおかれていて「手作りボックス」とプレートがかざられている。中には、手作りのきんちゃく袋《ぶくろ》や人形がかざられていた。

奥《おく》の部屋にいくと、「はい」といつものようにギターが手渡《てわた》された。何もいわれなくても、なぜかホッとする。

――ラララ、ラララ、ラララララ……。

不思議だ。

少し背中《せなか》を丸めてギターを弾《ひ》く藤井は、語りかけているみたいだし、ギターの音色が歌っているように聞こえる。

今日の音は、いつもと同じギターなのにやわらかくて、頭をなでられているような感じがした。

沈《しず》んでいた気もちが、ギターの音色で少しずつ楽になっていく。

楽しそうでひたむきな演奏《えんそう》が、わたしの心に響《ひび》く。

ふーっと深呼吸《こきゅう》をして、いつも借りているギターを手にとった。

ストラップを首に回すと、ギターの重みを感じながら両手で位置を固定する。

今までギターを借りるときは、ちょっと緊張《きんちょう》してドキドキしていた。

でも今日は、ギターの位置が決まるとすごくホッとした。

きっと藤井《ふじい》とギターを弾《ひ》けば。
きっと……元気になれる。
藤井はわたしをちらっと見ると、だまって曲を『ビリーブ』に変えた。
わたしも、左指を弦《げん》に乗せてピックではじく。
――シャ………ン。
今日の音は、いつもよりぐっと重く体に響《ひび》いてくる。
やっぱり、つかれているのかもしれない。
――ギョワワーン……ギャアアン……！
「あ、ごめんっ」
「ううん」
F《エフ》コードを弾こうと思ったけど、全部の弦を押《お》さえきれなかった。
藤井が弾くと簡単《かんたん》そうに見えるのに……！
イライラすればするほど、いやな音しか出ない。
でも藤井は全然いやな顔をしないで、待ってくれた。
何もいわずにくちびるを結んで、力強くうなずいてくれるだけで「できる、できる」って、いってもらえている気がする。

左の人差し指に神経《しんけい》を集中させて、もう一度弦《げん》をはじく。

――シャラーン！

「うわあ、できた！」

初めてＦ《エフ》コードでイメージどおりの音が出せた！

思わず藤井《ふじい》の目を見る。

「できたね！　すごい」

藤井がそういってくれると、うれしさが何倍にもふくらんでいく。

〽いつの日か　喜びに　変わるだろう
　I《アイ》　believe《ビリーブ》　in《イン》　future《フューチャー》　信じてる
「好き……かも」

だまっていた藤井が、急にぼそっといった。

「えっ？」

ギターの手を止めて、聞きかえす。

今……なんて？

「おれ……宮野《みやの》のギターの音、けっこう好きかも」

そういったとたん、「ビョワアアン」と藤井《ふじい》のギターからへんな音がした。

「あれっあれっ？」

弾《ひ》き間違《まちが》えた藤井は、真っ赤な顔で指の位置を変えた。

「宮野の音、優《やさ》しくて、うん。いいと思う」

そっか……ギターの音か。

心臓《しんぞう》がはちきれそうなくらいドキドキして、手に汗《あせ》がにじんでくる。

でも……うれしい！

（ありがとう）

直接《ちょくせつ》いうのははずかしいから、心をこめてギターを弾いた。

明るい音が、部屋いっぱいに響《ひび》いた。

翌日《よくじつ》、ママは仕事を休んでまた病院へ出かけた。

おばあちゃんは、このまま調子が良ければ明日には退院《たいいん》してくるらしい。

留守番《るすばん》は必要ないのに、わたしはいつも通り早く帰ってきてしまった。

今日は、〈すみれ園〉の車の音に耳をすまさなくていい。

おばあちゃんの機嫌《きげん》を、気にしなくてもいい。

「あーラクチンラクチン」

わざと大きな声でいってみる。

すると、おばあちゃんの部屋のふすまが、ガタッと動いたような音がした。

「おばあちゃん⁉」

おばあちゃんの部屋に向かうとふすまをそーっと開ける。

部屋を見まわす。

……いるわけないいか。

五時を告げる『夕焼け小焼け』のメロディーが窓《まど》の外から聞こえてきた。

おばあちゃんがこの家にきたころは、五時でもまだまだ明るかったのに、窓の外を見ると住宅街《じゅうたくがい》の上の雲はかすかにオレンジ色を残し、すっかり薄暗《うすぐら》くなっている。

窓をあけると、冷たい風がふきこんできた。

ちょっと前までもわんとして暑い部屋だったのに。

カコンカコン……。

静かな部屋に、風とともに電車の音が流れこんできた。

しばらく窓《まど》の外を見ていると、日が沈《しず》み、外灯が灯り、車のライトがまぶしく通りすぎていく。

みんな、家に帰る途中《とちゅう》なんだろうか。

シャッターを閉《し》めると真っ暗になり、部屋がシン、とした。

「おばあ、ちゃん」

つぶやいて、電気のスイッチを押《お》してみる。

パッと明るくなった部屋には、やっぱりだれもいない。

ベッドサイドのテーブルに、赤い折鶴《おりづる》がおいてあった。

白い部分はもうあまり見えず、口ばしもピンと折ってある。

「おばあちゃん」

もう一度、つぶやく。

おばあちゃんは、本当にうちに帰ってくるんだろうか。

そう思うと胸《むね》に穴《あな》が開いて、砂《すな》が流れていくような気がした。

――いなくなればいい。

――なんで助かったんだろう。

わたしは、本気でそう思っていた。

なのに。

おばあちゃんのベッドに顔をうずめると、ベッドと壁《かべ》のすきまに、ベストを着ていないコロンがいた。

あれっ、コロン……なんでこんなところに?

どうしてそんなかっこで?

「ごめん……ごめんね、コロン……」

あっ……。

腕《うで》がだらっとして、胴体《どうたい》からとれそうになっている。

きっと、わたしが床《ゆか》にたたきつけたせいで糸が切れたんだ。

おそるおそる、つなぎ目の部分に目をこらす。

あれ? 少しだけ、直そうとしたあとがある。

ここだけ糸が白っぽくて、縫《ぬ》い目が粗《あら》い。
……おばあちゃんだ！
直そうとしてくれてたんだ。
すきまに落ちていたコロンのベストを拾った。
縫《ぬ》いやすくするために、脱《ぬ》がせたのかもしれない。
ほこりをはらおうとすると、裏地《うらじ》のあざやかなブルーが目に入った。
えっ……この生地、こんなにきれいな色だったんだ。
表の生地がすっかり色あせていたなんて、ちっとも気がつかなかった。
「みやの　あかり」
おばあちゃんが縫ってくれたわたしの名前を指でなぞる。
ずっとそばにいてくれたんだ。
ずっと……いっしょだったんだ……。

翌日《よくじつ》、おばあちゃんは退院《たいいん》してきたけど、すぐに自分の部屋に入ってしまった。
コロンを持つと思いきっておばあちゃんの部屋へ向かった。

ふすまを開けようとして、手が止まる。

やぶられた家族の写真や、〈マジカルランド〉にいこうとしたときのおばあちゃんの顔が頭をよぎる。

こわいようなムカつくような、目をそむけたくなる感情《かんじょう》がみぞおちのあたりからせり上がってくる。

でも……。

わたしはコロンの腕《うで》を見た。

あやまりたい。

おそるおそるふすまをたたくと、「はぁ……い」とか細い返事が聞こえた。

のぞくようにゆっくり開けると、おばあちゃんは起き上がったところだった。

そっと目を見ると、おばあちゃんはコロンを見つめている。

「おばあちゃん、ごめんね……。コロンの腕、直そうとしてくれたの？」

「あ、ああ、それ」

おばあちゃんは、あせっていった。

「何年もがんばったから、かわいそうやと思って」

ベッドに近寄ると、おばあちゃんは目を細めてコロンをなでた。

「ずっと……コロンが話し相手だったの。五年生になってても」

「そうかあ……」

「悲しいことも、うれしいことも、ママやパパにいえないことも、コロンが聞いてくれたの。そうするとすっきりして元気になれた」

「そう。役に立ってたんやねえ」

「だから……直してあげたいの」

「おばあちゃんには無理や。あのカットソーでわかったやろ。もう、裁縫《さいほう》なんて無理なんや」

窓《まど》の外を見ながら首を大きくふった。

おばあちゃん、わたしがカットソーを着れなかった理由、ちゃんとわかってる。

「ママにやってもらい」

気もちがくじけそうになる。

そりゃ、ママにやってもらったほうがきれいになるに決まってる。

でも。

素直《すなお》に……素直にわたしの気もちを伝えるんだ。

「コロンはおばあちゃんが作ってくれたんだから、おばあちゃんにお願いしたいの」

「そんなん、だれが直してもいっしょやろ」

「じゃあ、わたしが直すから……おばあちゃん、教えて」

おばあちゃんがわたしのほうを見た。

ほほえんでいるわけでもなく、怒《おこ》っているわけでもない。

まばたきを何度かして、くちびるをかすかに開いたり閉《と》じたりした。

「……じゃあ、やってみようかね」


コロンと同じ茶色の糸を選んで針《はり》に通す。

「あかりはスーッと穴《あな》に入ってええなあ。おばあちゃんは穴が見づらいねん」

おばあちゃんは目をパチパチさせた。

「じゃあ、えっと、なんやったかな……。ああ、そうや。『コの字縫《ぬ》い』をやってみよか」

記憶《きおく》をたぐり寄《よ》せるようにおばあちゃんはいった。

「『コの字縫い？』」

「並縫《なみぬ》いやと、糸が見えてしまうやろ。こういうふうに口が開いてしまったときは、横やなくて、縦《たて》に針《はり》を刺《さ》していくんや。その縫い方を、えーっと……」

「コの字縫い？」

「そ、そうそう」

わたしはなんとかぐちゃぐちゃの玉止めを作った。

「まず、内側から針を刺して、玉止めが見えんようにしてから、このへんに針を出す」

おばあちゃんにいわれたとおりに針を表側に出した。

「裏側《うらがわ》の、見えない部分で針を横に持ってきたら、下から上に刺すんや」

「えーっと、こう？」

大きく針を動かそうとする。

「そんなに大きくせんでええ。三、四ミリでええねん。ああ、ちょっとコロン貸《か》して」

おばあちゃんはコロンと針をわたしから受けとると、ちょうどいいところに針を刺そうとした。

でも手がふるえて、うまくいかない。

「ああ……もう」

おばあちゃんは「うーん」とうなりながら、何回も針《はり》を刺《さ》しなおした。

いっしょに住まなかったら、今でも前と同じようにおばあちゃんが好きだったかもしれない。

逆《ぎゃく》に、変わり果てた見た目だけで、近寄《ちかよ》れなくなっていたかもしれない。

でも今は、おばあちゃんのもどかしさが、少しだけわかる。

それでもやってみようって思うおばあちゃんの気もちが、何度も刺した針の穴《あな》から伝わってくる。

「よっしゃ……できた。あかり、こんな感じで、縫《ぬ》ってみい」

わたしはおばあちゃんから針を受けとると、まねしてやってみた。

「そう、うまいうまい！」

おばあちゃんにおだてられて、わたしはどんどん縫い進めていった。

「ねえ、糸が見えているけど、いいのかな」

「まあ、だいじょうぶや」

おばあちゃんはほめてくれるけど、このままじゃコロンの腕《うで》のつけねは手術《しゅじゅつ》したみたいになる。

ほつれたところを全部縫《ぬ》うと、「じゃあ、最後のしあげや。糸をゆっくりひっぱってみて」と、おばあちゃんがいった。

いわれたとおりにすると、少しだけ出ていた糸が、すーっと布《ぬの》の中へ消えていった。

「うわあ、見えなくなった」

「せやろ。カンペキや！」

おばあちゃんはにこっと笑ってわたしの背中《せなか》をなでた。

「おばあちゃん、ここで玉結びしたら、見えちゃうよね」

「じゃあ、最後のしあげは、おばあちゃんがやってもええか？」

「うん」

自然に返事が出た。

おばあちゃんは、ぎこちなく指を動かしながらも玉結びをすると、布の奥《おく》に針《はり》を持っていって、結び目を隠《かく》した。

「わっ、消えた！」

「カンペキや」

おばあちゃんは自信満々《じしんまんまん》という感じでうなずいたあと、ぼそっといった。

「ああ……役に立ててよかったわあ……」

おばあちゃんが役に立つとか立たないとか、そんなこと……もうどっちでもいい。

おばあちゃんのホッとした顔、それが見れただけでいい。

わたしは、自分も胸《むね》をなでおろしているのに気がついた。

「ありがとう」

おばあちゃんの前でもかまわずコロンをそっと抱《だ》きしめた。

「ああ、つかれた。でも、やっぱり縫《ぬ》い物は、楽しいねぇ」

おばあちゃんは左の指をゆっくり動かしながらいうと、目を輝《かがや》かせた。


「あ、そうや。あかり、そこの引き出し、開けてみて」

おばあちゃんの洋服が入っている引き出しを開けると、ショッピングモールで買ったセーターの包みが出てきた。

「誕生日《たんじょうび》、おめでとう。渡《わた》しそびれてしもて……」

おばあちゃんは声のトーンを落とした。

わたしは、すぐに袋《ふくろ》を開けると、セーターを着てみた。

「わあ、やっぱり似合《にあ》う。試着なんかせんでも、おばあちゃんには、わかっとった」

おばあちゃんは、わたしの腕《うで》をなでるようにセーターをさわった。

鏡の前に立ってみる。

ミントグリーンのせいか、顔がパッと明るく見えて、気分もぐっと上がる気がした。

知らなかった。わたし、こんな色も似合うんだ。

「おばあちゃん、ありがとう」

横向きになったり、うしろを向いてふりかえってみたりするわたしを、うれしそうに見つめるおばあちゃんが、鏡に映《うつ》った。

わたしは、いっしょに買い物へいったときにショーウインドーに映ったわたしたちを思いだした。

「……おばあちゃん、お礼に〈えちごや〉までいっしょにいかない？」

「えっ、いっしょに？」

おばあちゃんはわたしの顔は見ずに、かすれた声を出した。

「……はあ。やっぱり出かけるのは、まだこわいからええわ」

ベッドに目を落とすと、おばあちゃんは首をふった。

「だいじょうぶ。ショッピングモールより全然近いし。お化粧《けしょう》していこうよ」

「……はあ。ははは」

おばあちゃんは何がおかしいのか、少し笑った。

「近所でお化粧は大げさやろ」

「お出かけのときはお化粧していくもんや、って昔いってたんでしょ？」

わたしがおどけた感じでいうと、おばあちゃんはすかさず返した。

「美容院《びよういん》とデパートのときやで」

「まあまあ。いいじゃん」

おばあちゃんは窓《まど》の外を見た。

窓辺《まどべ》の風鈴《ふうりん》ははずされて、もうすっかり雲が高くなっている。

「じゃあ、散歩してみようかね」

「ここが、〈えちごや〉さんかあ」

おばあちゃんはびっくりした顔で見上げた。

レジのところにおじいちゃんと藤井《ふじい》がいて、わたしに気づくとさっとドアを開けてくれた。

「こんにちは」

「いらっしゃいませ」

藤井のおじいちゃんはわたしのうしろに回ると、「少し段差《だんさ》があるので、わたしがあかりちゃんの代わりに押《お》してもいいですか」と、おばあちゃんに声をかけた。

「ああ、はい」

おばあちゃんの顔がいつものように固まった。

おじいちゃんは、「じゃ、押しますよ」と、慣《な》れた手つきで車いすを少し持ちあげるように押した。

おばあちゃんは店内をキョロキョロ見渡《みわた》すと、感心したようにいった。

「いろんなモンがおいてあるんですねぇ」

「いつもあかりちゃんが買ってくれているクリームパンもそうですし、このクッキーとかね。食べものだけじゃなくて近所の人の手作りの品もいっぱいおいてあるんですよ」

おじいちゃんが手作りボックスコーナーを指さした。

「はあ……みなさんじょうずですねぇ」

おばあちゃんは熱心にのぞきこんでいる。

「今お茶を入れますから、クリームパン、奥《おく》で食べていかれますか?」

おじいちゃんはそういうと、お店から一段《だん》高くなっている奥の部屋に向けて簡易《かんい》スロープをおいてくれた。

「うちのばあちゃんが使ってたスロープ、とっといて良かった」

藤井《ふじい》がにこっと笑った。

奥の部屋でお茶を飲むと、わたしはおばあちゃんにいった。

「おばあちゃん、わたし、藤井とおじいちゃんにギターを教えてもらって、一曲弾《ひ》けるようになったの」

「ギ、ギター? あかり、ギターが弾けるんか?」

おばあちゃんが目を丸くした。

「家じゃ、全然、そんなこといっとらんかったやないの」

わたしはただうなずいた。

おばあちゃんは「へえ……」とギターとわたし、ギターと藤井というふうに、目線を泳がせた。

「おばあちゃん……聞いてくれる?」

「えっ、ああ、ああ、もちろん」

おばあちゃんはまだポカンとしているけど、少し姿勢《しせい》がよくなるように座《すわ》りなおした。

「じゃあ、『ビリーブ』っていう曲を弾《ひ》くね」

シャラララン……。

藤井《ふじい》が持ってきてくれたギターを鳴らす。

とたんに体にスイッチが入ったみたいに、元気がわいてくる。

〽たとえば　君が　傷《きず》ついて
くじけそうに　なった時は
かならず僕《ぼく》が　そばにいて
ささえてあげるよ　その肩《かた》を

世界中の　希望のせて
この地球は　まわってる

いま未来の　扉《とびら》を開けるとき
悲しみや　苦しみが
いつの日か　喜びに　変わるだろう
I《アイ》　believe《ビリーブ》　in《イン》　future《フューチャー》　信じてる

二番になると藤井《ふじい》はギターをおろし、わたし一人で演奏《えんそう》をはじめた。
すごくドキドキして、顔が赤くなるのがわかったけど、ギターの音がわたしをはげましてくれるように力強く鳴った。

〽もしも誰《だれ》かが　君のそばで
泣きだしそうに……

ギャワアアン……！

「あ、あれっ」

間違《まちが》えた！
体がカッと熱くなる。
ここは、いつもなかなかうまくいかないコードだ。
フーッ。大きく深呼吸《しんこきゅう》。
だいじょうぶ。練習通りに。力強く。

〽泣きだしそうに　なった時は

シャララーン……。シャーン……！
よしっ、今度はいい音が出た。
心をこめて、ゆっくり歌って弾《ひ》いた。
藤井《ふじい》が近くにいて、うなずくようにリズムをとってくれた。
一度つまずいたって、だいじょうぶ。
きのうより、今日のほうがうまくなってる。
そして明日は、もっともっとうまく弾《ひ》けるはず。

おばあちゃんの顔を見て歌いたかったけど、チラッとしか顔を上げられなかった。


演奏《えんそう》が終わると、おばあちゃんはぎこちなく拍手《はくしゅ》した。

藤井のおじいちゃんがおばあちゃんにいった。

「あかりちゃん、いつもがんばって練習してたんですよ」

おばあちゃんはまばたきをくりかえした。

「いつからギター弾いてたん？」

「おばあちゃんが引《ひ》っ越《こ》してきてすぐかな。ここにクリームパンを買いにきて、藤井がギターを弾けることがわかって」

「まだあんまりたってないやん。それでこんなにうまくなったん？」

「ギター、好きになったから……。本当に好きだから、がんばれたの」

「そうかあ……好きになったんか……すごいなあ」

おばあちゃんはすごいすごい……とくりかえし、指先を開いたり閉《と》じたりしていた。

そして、壁《かべ》にかざってある写真を見ておじいちゃんに話しかけた。

「こちら、奥《おく》さんですか？」

おじいちゃんが咳《せき》ばらいをして答えた。

「ああ、はい。もういないんですけどね。一年前に、くも膜下《まっか》で。ちょうどだれもいなかったときでね」

「そ、そうでしたか……」

「奥《おく》さん、不便でしょうが、命が助かってあかりちゃんと住めるようになって良かったですな」

おばあちゃんは何もいわず、写真を見つめながらゆっくりうなずいた。

「良かったら、またいつでも息抜《いきぬ》きにきてください。ここは近所のじいさんばあさんのたまり場になってますから」

おばあちゃんは目を見開いたあと、「はい。また」といってほほえんだ。


車いすを押《お》して、お店の向かい側の公園に寄《よ》った。

「まだ頭の中にあかりのギターの音が響《ひび》いてるわ」

おばあちゃんは音楽に合わせるように体をゆらした。

「あの曲、ええ曲やなあ」

「『ビリーブ』っていうの」

「信じる、って意味やな」

「うん……。最初は全然弾《ひ》けなかったけど、練習すればするほどうまく弾けるようになったんだ」

「そうか……また……おばあちゃんにギター聞かせてくれるか？」

わたしは何度もうなずいた。

「いつか、おばあちゃんがわたしに『趣味《しゅみ》とか好きなことあるやろ』って聞いたよね」

「いったかなあ」

「あのとき、わたし……何もなかったの。なくても、なんとなく毎日平和だったし、何も考えてなかった」

おばあちゃんは、前を向いたままうなずいた。

「でも、おばあちゃんが洋服のブランドを立ちあげたかったたっていう夢《ゆめ》を教えてくれて……わたしも、夢中《むちゅう》になれるもの、ほしくなったの」

「そうだったん……。少しは役に立ててたんや」

ベンチの前に車いすを止めると、わたしは腰《こし》かけておばあちゃんの顔を見た。

「おばあちゃん……まだ、あの家に、おってもいいんかな」

「わたしは、今日、おばあちゃんがギターを聞いてくれただけで、うれしかったよ」

「そうかあ……」

おばあちゃんはベンチの上のいちょうの木を見上げてつぶやいた。

「……〈マジカルランド〉にいこうとしてた日、悪かったなあ」

「えっ」

「あの日の朝、夢《ゆめ》を見てたんよ……」

おばあちゃんは、わたしの手を取った。


――今までのことは全部夢で、わたしはたおれる前となんも変わってないっていう夢やったんや。

あかりとショッピングモールで買い物したのが楽しかったから、そんな夢を見たんやろなあ。

慎一郎《しんいちろう》たちの都合が悪くなったから、わたしがあかりを〈マジカルランド〉に連れていくことになったんや。

あかりが「つかれた」っていっても、わたしはまだまだ元気で……どんどん歩いて……。

「もう一つアトラクションいこうや」って声かけたところで……。

そこで、目がさめた。

夢《ゆめ》やった。

こっちが現実《げんじつ》やったんや。

いつもはまだみんな起きてない時間やのに、キッチンからママの作った朝ごはんのにおいがしてきた。

ああ、これから〈マジカルランド〉に出かけるねんな……と思った。

立ちあがって歩いてみようと思った。

でももう、無理やった。

この家にきたころより、全然力が入らん。

ずっとなまけてたんやから、しゃーない。

でも、情《なさ》けなくて……。

わたしの足やのに。手やのに！

夢の中ではあんなに動いてたのに！

なんでこっちが現実《げんじつ》なん？
一生懸命《いっしょうけんめい》、生きてきたのに、これなん？
わたし、元気やのに。体が思うように動かんだけで、元気やのに。
ほんまは……みんなといっしょにいきたいのに。
なんで……動かないんや。前みたいに、動いてや。
動いて……。動け！
たのむから……。
そう思ってたら、なんか体がカッカカッカして……。
節々《ふしぶし》が痛《いた》くなって……。
あかり……本当にごめんなさい。
申し訳《わけ》なかった。

手のひらからおばあちゃんの体のふるえが伝わってくる。
おばあちゃんが、謝《あやま》るのを初めて聞いた。
おばあちゃんの目が赤くなるのを初めて見た。

どんなことがあっても、今までおばあちゃんは泣いたりしなかったのに……。

おばあちゃんは、しばらくうつむいていたけれど、いきなり顔をくっと上げた。

そして目をハンカチで押《お》さえると、きっぱりといった。

「でもな、もういい加減《かげん》、こんなおばあちゃん、飽《あ》きてきたわ」

「へっ……？　飽きて、きた？」

思わず聞きかえす。

「そうや。飽き飽きや。中途半端《ちゅうとはんぱ》に遠慮《えんりょ》して、ちょっと失敗したら、すぐ死にたくなって、自分をかわいそがって、八つ当たりして」

わ、おばあちゃん、自分のこと、ちゃんとわかってる！

妙《みょう》な感動が胸《むね》に押し寄《よ》せてくる。

「おばあちゃん、あきらめるのを、あきらめるわ」

「あきらめるのをあきらめる……？」

おばあちゃんは、「そうや」といって、にっと笑った。

「みんなに迷惑《めいわく》かけても、せめて今のお店くらい、自分で買い物にいけるようになりたい。わたしの足は、完全に動かせなくなったわけやないんやから」

その言葉を聞いた瞬間《しゅんかん》、わたしの頭の中に〈えちごや〉に歩いて買い物にいくおばあちゃんの姿《すがた》が思いうかんだ。

車いすに乗らず、自分で歩いて。

大阪《おおさか》にいたころみたいなヒールははいていないし、さっそうと歩いてもいない。

でも、おしゃれな杖《つえ》をつきながら、クリームパンを買いにいくおばあちゃんの足取りは軽やかだ。

……そんなこと、簡単《かんたん》にはいかないかもしれない。

でも、今までとは違《ちが》う。

おばあちゃん自身が、やる気になってる。

「それにな、ずーっと、ずーっと、ほったらかしで忘《わす》れてたけど……もういっぺん、自分の服を、縫《ぬ》ってみたい」

おばあちゃんの目がコロンを直した後と、同じように光った。

おばあちゃんの夢《ゆめ》。

洋服を作る夢。

「昔作った服は、もう今のおばあちゃんには着れん。大阪に全部、おいてきた」

「うん」

「だから今のおばあちゃんに合う服を、なんぼ時間がかかっても、自分で作ってみたいんや。動きやすくて……脱《ぬ》いだり着たりしやすくて」

「でも、オシャレ」

わたしがいうと、おばあちゃんはカラカラと笑った。

「こんなえらそうなこといってても、また、死にたくなるかもしれんけど」

おばあちゃんは、目をつぶって静かにいった。

「やっぱり助かって良かったと……思えるようになりたい」

助かって良かったと思えるように……。

おばあちゃんの言葉が、胸《むね》に刺《さ》さる。

「やっぱり、まだ、あきらめたくない」

わたしは、強くうなずいた。

最初は、おばあちゃんはきっと良くなるんだ、前と同じように元気になるんだ、って信じたかった。

前みたいに元気で優《やさ》しいおばあちゃんにもどってくれなきゃ、絶対《ぜったい》にいやだ！　いっしょに住みつづけるのはいやだ、って思ってた。

でも……おばあちゃんといっしょに住むようになったから、ギターを見つけた。

美奈《みな》や藤井《ふじい》と素直《すなお》に話せるようになった。

最初は、うちに入ろうとするだけで怒《おこ》ってふるえていたおばあちゃんも、今はこうやっていっしょに近所の公園にいる。

きっと……何もかも元どおりにもどることはなくても。

元どおりになることだけが大切なことじゃない。

新しいおばあちゃんの夢《ゆめ》を応援《おうえん》したい。

素直に、そう思えた。

おばあちゃんは、パパが帰ってくると、みんなの前で自分の気もちを話しはじめた。

リハビリをがんばって、杖《つえ》をついて自分で歩けるようになりたいということ。

ママが仕事をやめなくてすむように、もっとリハビリを中心にケアをしてくれる施設《しせつ》に変わり、時間を延長《えんちょう》すること。

「ママは、絶対《ぜったい》に仕事をやめたらあかん。わたしが出かけたいときは、介護《かいご》サービスの人につきそいをお願いしてもいいと思っててんねん」

ずっとだまって聞いていたパパが、「ちょ、ちょっと待って。それならおれが……」とおばあちゃんの言葉をさえぎろうとした。

わたしはとっさにパパにいった。

「パパ、おばあちゃんのいいたいこと、ちゃんと聞いてあげてよ！」

おばあちゃんは、イヤミでも、強がってるんでもなくて、素直《すなお》に話そうとしている。素直になるって、感情《かんじょう》をそのままぶつけることじゃない。相手を信じてないといえない気もちを、伝えることだ。

パパはしぶしぶうなずいて、おばあちゃんに話をうながした。

「あとな、月に何日かは別に用事がなくてもショートステイで施設《しせつ》に泊《と》まってくるわ」

「えっ……？」

パパがいいかけて、口をつぐんだ。

「家でもリハビリをがんばったら、やっぱりママに一番迷惑《めいわく》がかかる。ママは、こんなわたしにもまじめにつきあおうとしてくれる人や。だから、ほんの少しの間でも、わたしのこと忘《わす》れて、ゆっくりできる時間を作ってほしいんよ」

パパがさっとママの顔を見た。

「慎一郎《しんいちろう》、ママが仕事のときだけわたしがデイサービスにいってるってことは、家におるときは、ずーっとわたしもおるんやで。あんたがママの立場だったら、できるんか？　な、あや子《こ》さん。そうさせて」

きっと反対するんじゃないかと思ったけど、ママはしっかりとうなずいた。

パパはあせった声を出した。

「で、でもさ、今の介護保険《かいごほけん》で受けられるサービスを超《こ》えてしまうし、お金もかかるよ」

「それは国が勝手に決めた枠《わく》やろう。ええやん。わたし、あんたたちが独立《どくりつ》したあとも、ずっと働いてきたから貯金あるし。老後のためにと思って、せっせと貯めといたんやから。今、それを使わんと、いつ使うねん。わたし、もうケアマネージャーにお願いしてるから」

おばあちゃんは、わたしたちにぺこっと頭を下げた。

「ママ、あかり。ますます迷惑《めいわく》かけるけど、気の変わらんうちに、なるべくがんばるから、どうぞよろしくお願いします」

おばあちゃんがいいたいことをいって部屋にもどると、三人で顔を見合わせた。

「なんかたおれた後から、急にやる気になって……母さんはどうしちゃったんだ？」

パパはまだ信じられない、という表情《ひょうじょう》だ。

ママがゆっくりと口を開いた。

「急に……じゃなくて、今までもがんばろうとしていたんだと思う。すれ違《ちが》っていただけで……」

わたしがうなずくと、ママはつづけた。

「今まで、お母さんには障《しょう》がいがあるんだから、いっしょに住むのは当たり前って思ってた。そりゃあ、本当は逃《に》げだしたいくらいだったけど、ママががまんすればいい、って思ってた。でも、その考えじゃ限界《げんかい》があるんだよね。育児のときと同じね」

「おれも……できるだけ手伝うから。だからさ、何も理由がないのにショートステイに預《あず》けるっていうのは、やめておかないか？」

早口で説得しようとするパパに、ママは落ち着いた声でいった。

「あれは……お母さんの気まぐれやわがままじゃなくて、優《やさ》しさなのよ」

「優しさ……？」

「そう。これからもいっしょに住むなら、お互《たが》い心の余裕《よゆう》を作るのが一番大切、ってわかってくれているんだと思う。だって、それがなくなったら……」

「なくなったら？」

パパがごくっとつばを飲んだ。

「いっしょに住んでいても、家族でも、孤独《こどく》になるだけ」

ママの静かな声に、記憶《きおく》が呼《よ》びさまされた。

わたしは、あんなおばあちゃんならいらないと思った。

おばあちゃんがいなくなることだけを本気で願った。

ママも……もしかしたら同じ気もちになったことが、あるのかもしれない。

「わたし、この前山下《やました》さんに助けてもらったり、〈すみれ園〉の人にお世話になったりして、家族だけでがんばろうと思わなくていいんだな、ってわかってきた気がする。介護《かいご》サービスの人にお願いしたほうがお母さんが遠慮《えんりょ》なく外出できてリハビリできるなら、それでいい。どんどん頼《たよ》ろうよ。ショートステイにもいってくれたほうが、お互《たが》いにもっと優《やさ》しくできるかもしれない。お母さんも……わたしたちを守ろうとしてくれてるんだよ」

「守る……？　おれたちを？　母さんが……？」

パパはあごに手をやると、何かを思いだすように視線《しせん》を壁《かべ》に向けたり、床《ゆか》に落としたりした。

そしてしばらくすると、パパは顔を上げてきっぱりといった。

「……わかった。全部、母さんのいうとおりにやってみよう」

ママとわたしが顔をのぞきこむと、パパは口をとがらせた。

「て、適当《てきとう》にいってるんじゃないぞ」

ママが、「本当に？」とつっこむと、パパは顔をごしごしこすってからうなずいた。

「ああ。そういえば、あんな母さんの目、久《ひさ》しぶりに見たなと思ったんだ」

「あんな目……って？」

わたしが聞くと、パパはふっとほほえんだ。

「パパがまだ子どもだったころ、おばあちゃんが仕事にいく前の目。バリバリ稼《かせ》いでくるで、っていってたころの目と、今日の目が同じだった」

ママもわたしもうなずく。

「母さんは変わってしまったと思っていたけど……父さんが亡《な》くなってからずっと一人でおれたちを守って育ててくれていたころの母さんを、思いだしたよ……」

パパはママとわたしに頭を下げた。

「おれもがんばるから……もう一度、おばあちゃんをよろしくお願いします」

翌日《よくじつ》、いつものように、「おはよう」といって、おばあちゃんの部屋のふすまをトントン、とたたいた。

「あれ、どうしたん？」

おばあちゃんは車いすに乗ってきょとんとしていた。

「歩く練習をするなら、手伝おうかと思って」

「えっ、あ、そんなことというたかな……いったなあ」

おばあちゃんは気まずそうに頭をかいた。

うわー、きのうはかっこいいことといってたのに、やっぱりこれだよ。

でも……わたしもあきらめない。

「わたしはおばあちゃんがかっこよく宣言《せんげん》してたの、忘《わす》れてないからね」

「あちゃー。やっぱあかりにいうんやなかった」

おばあちゃんは、へへへ、とごまかすように笑ったまま、車いすの上から動かない。

わたしも何もいわずに、そこから動かなかった。

時計の音だけが部屋に響《ひび》く。

「よし、やるか」

おばあちゃんが、顔を上げた。

「パパかママ、呼《よ》んでこようか」

「いや。あかりに横で見ててほしいねん。やる気になったのは、あかりのおかげやから」

おばあちゃんは真剣《しんけん》な表情《ひょうじょう》でわたしを見つめた。

「わかった。じゃあ、コケそうになったらすぐに支《ささ》えるから」

「たのむで」

おばあちゃんはふっとゆるませた顔をひきしめて、四点杖《づえ》に体重をかけると、一歩踏《ふ》みだした。

「うわっ、久《ひさ》しぶりやからこわいわあ」

おばあちゃんの左手がふるえだす。

わたしはおばあちゃんの左手を支えると、パパがやっていたみたいに、腰《こし》に右手を回した。

おばあちゃんとこんなにくっついたのは、久しぶりだ。

ふるえが伝わってくる。

もう、香水《こうすい》の香《かお》りはしない。

うちの柔軟剤《じゅうなんざい》のにおいが少しする。

わたしの服と、同じにおいだ。

「だいじょうぶだよ、おばあちゃん」

「……そうや。こわくない。できる。絶対《ぜったい》、歩ける」

おばあちゃんはうなずいて、おそるおそる左足を出すと、そのいきおいで右、左、右、左、と少しずつ足を前に進めた。

そしてふすまをくぐると、ろうかの手すりに右手をかけた。

「よっしゃー、部屋を脱出《だっしゅつ》できたで！」

「やった！」

おばあちゃんは、まっすぐ前を見た。

手すりと杖《つえ》を使って、ろうかを一歩一歩ゆっくり進んでいく。

リビングの前までたどりつくと、おばあちゃんはわたしと目を合わせてニッ、と笑った。

わたしが力強くうなずくと、おばあちゃんはリビングのドアを開けた。
朝の光がおばあちゃんの頬《ほお》を明るく照らした。

作◉**高田由紀子**（たかだ ゆきこ）
千葉県在住、新潟県佐渡市出身。故郷への思いが深く、デビュー作『まんぷく寺でまってます』『青いスタートライン』（以上、ポプラ社）『君だけのシネマ』（PHP研究所）では、佐渡ののびやかな自然のなかで、葛藤し成長する子どもたちの姿をみずみずしく描いている。
「季節風」同人。日本児童文学者協会会員。

絵◉**おとないちあき**
人気イラストレーター。大人向けの小説を中心に、あたたかで透明感ある装画を手がける。
児童書では『ソーリ！』（くもん出版）にて、装画と挿絵を担当している。

JASRAC 出 1809121-902

ノベルズ・エクスプレス 42

ビター・ステップ

2018年 9月 第1刷
2019年 10月 第2刷

作　高田 由紀子
絵　おとないちあき
発行者　千葉 均
編集　潮 紗也子
発行所　株式会社ポプラ社
〒102-8519　東京都千代田区麹町 4-2-6　8・9F
電話（編集）03-5877-8108
（営業）03-5877-8109
ホームページ　www.poplar.co.jp
印刷・製本　中央精版印刷株式会社
ブックデザイン　楢原直子（ポプラ社デザイン室）

ISBN978-4-591-15990-3 N.D.C.913 / 287p / 19cm

P4056042